제니의 초상

Portrait of Jennie
Robert Nathan

제니의 초상

로버트 네이선 지음 | 이덕희 옮김

문예출판사

차례

제니의 초상 • 7

작품 해설 • 185
로버트 네이선 연보 • 193

• 본문의 주는 모두 옮긴이 주다.

1

 굶주림에는 먹지 못한 데서 오는 것보다 더한 굶주림이 있다. 그리고 나를 허기지게 한 것은 바로 이 같은 굶주림이었다. 나는 가난했고 나의 작품은 알려져 있지 않았다. 자주 끼니도 걸렀다. 또한 겨울엔 웨스트사이드의 내 초라한 화실에서 나는 추위로 떨었다.

 내가 고생을 운운할 적에 나는 추위와 굶주림에 대해서 말하고 있는 것이 아니다. 예술가에겐 겨울이나 빈궁이 가져다주는 것과는 종류가 다른 훨씬 더 혹독한 괴로움이 있다. 그것은 오히려 마음의 겨울과 흡사한 것으로, 그 속에선 그의 천재의 생명이, 자기 작품의 생명의 즙이 얼어붙은 채 꼼짝없이 ─ 아마도 영원히 ─ 죽음의 계절에 붙들려 있는 것처럼 생각되는 것이다.

그리고 봄이 또다시 찾아와 그걸 자유롭게 해줄 것인지 누가 안단 말인가?

그것은 내가 작품을 팔 수 없었기 때문이 아니라 — 그러한 일은 훌륭한 사람들에게도, 하물며 위대한 사람들에게까지도 이미 일어난 일이었다 — 나 자신 나의 내부에 붙들려 있는 것에까지 뚫고 들어갈 수 없을 것처럼 생각되었기 때문이다. 내가 그린 것은 무엇이건, 인물이건, 풍경이건, 정물이건, 모두가 한결같이 내가 뜻했던 것, 즉 내 이름이 '이벤 애덤즈라는 것만큼 확실히 내가 알고 있는 것 — 이 세계에서 내가 진정으로 말하고 싶은 것, 내 그림을 통해서 사람들에게 무언가 이야기하고자 하는 것과는 동떨어진 것처럼 보였던 것이다.

그러한 시기가 어떠했던가를 나는 독자들에게 이야기할 수는 없다. 왜냐하면 그 시기의 가장 몹쓸 부분이 지극히 설명하기 어려운 근심이었기 때문이다. 추측컨대 대부분의 예술가는 이 같은 종류의 어떤 것을 경험하는 것이리라. 조만간에 그들에겐 단순히 산다는 것만으론 — 그림을 그리고, 먹을 것을 충분히, 혹은 가까스로 지니고 있는 것만으론 — 더 이상 흡족한 것이 못 되게 된다. 조만간에 신은 질문을 던지리라. 그대는 나를 위해 존재하느뇨, 혹은 내게 적대하기 위함이뇨? 라고. 그리고 예술가는 뭐라고 대답을 해야만 하는 것이다. 그렇지 않을진댄 그의 심장은 자기가 말할 수 없다는 것 때문에 터지는 것처럼 느껴지리라.

1938년 겨울의 어느 저녁 나는 공원을 지나 집으로 걸어가고 있었다. 그 무렵 나는 훨씬 더 젊었다. 나는 화구가방을 겨드랑이에 낀 채 지친 나머지 천천히 걸어갔다. 겨울 저녁의 축축한 안개가 나를 둘러쌌다. 안개는 양(羊)의 방목장을 가로질러 그 시간엔 텅 빈 채 고요한 몰 가(街)를 뚫고 흘러내렸다. 노상 거기서 놀던 애들은 집으로 돌아가고, 거무스름한 나목(裸木)들과 안개에 젖어 거미줄같이 가늘고 길게 열을 선 벤치들만 남아 있었다. 나는 화구가방을 한쪽 겨드랑이에서 다른 쪽으로 바꿔들며 걸었다. 가방은 무겁고 볼품없는 것이었지만, 나는 차를 탈 돈이 없었던 것이다.

나는 온종일 내 그림 몇 점을 팔려고 돌아다녔다. 어느 정도 지나자 사람을 휘어잡는 일종의 절망상태가 왔다. 자신의 굶주림이나 고통에 대해서뿐 아니라 자기 속에 있는 생명 자체에 대한 세계의 무관심에 대해 느끼는 두려운 감정이. 매일처럼 내가 집을 떠날 때 지니고 나가는 용기는 조금씩 줄어들었다. 그리하여 이제 그것은 흡사 모래시계에서 떨어져내리는 모래알처럼 깡그리 달아나버리고 말았다.

그날 밤 나는 맨 밑창까지 떨어진 상태였다. 돈도 친구도 없이, 춥고 배고프고 기진맥진해서, 희망도 없고, 어느 쪽으로 가야 하는지도 알지 못한 채. 나는 충분히 먹지 못했기 때문에 머리가 약간 이상해졌던 것이라 생각한다. 나는 차도를 가로질러 길고 황량한 몰 가의 보도로 내려갔다.

내 앞에는 일정한 간격으로 가지런한 행렬을 이룬 가로등이 어렴풋한 대기 속에서 노랗게 반짝거렸다. 나는 보도 위에 울리는 나 자신의 발자국 소리를 들었다. 내 뒤에선 하루 일을 끝내고 집으로 돌아가는 차들의 구르는 소리가 들리고. 도시의 소음은 까마득히 멀어 마치 어느 다른 시대로부터 과거의 어디엔가에서 들려오는 성싶었다. 흡사 여름날의 음향처럼, 먼 옛날의 목장에서 들려오는 벌떼들의 붕붕거리는 소리와도 같이. 나는 마치 고요한 꿈의 아치를 빠져나가는 것처럼 계속 걸어갔다. 나의 육신은 저녁 공기로 만들어진 것처럼 가볍고 무게도 없는 것처럼 느껴졌다.

몰 가의 한가운데서 혼자 놀고 있는 어린 소녀도 소리 하나 내지 않았다. 그 애는 돌차기놀이를 하고 있었다. 소녀는 두 다리를 벌리고 공중으로 뛰어올랐다간 흡사 민들레씨처럼 소리없이 땅 위로 내려오는 것이었다.

나는 멈추어 그 애를 지켜봤다. 그런 곳에 완전히 혼자 있는 아이를 보고 놀랐기 때문이다. 근처엔 어린애들이라곤 아무 데도 없었다. 다만 안개와 길고 가지런한 가로등의 행렬이 멀리 테라스와 호수에까지 뻗쳐 있을 뿐. 나는 소녀의 유모를 찾아봤으나 벤치들은 텅 비어 있었다. "조금씩 어두워지는데." 나는 말했다. "집에 가지 않아도 되니?"

나는 그 소리가 박정하게 울렸으리라고는 생각지 않는다. 아이는 다음 도약의 자세를 취하고 준비를 끝냈으나 우선 자기 어깨 너머로 비스듬히 나를 쳐다보았다. "그렇게 늦었나요?" 소녀는 말했다. "시간을 잘 모르겠어요."

"그럼, 늦었단다." 내가 말했다.

"좋아요. 전 아직 돌아가지 않아도 돼요." 그러고는 거침없는 어조로 덧붙였다.

"아무도 절 기다리고 있진 않은걸요."

나는 돌아섰다. 결국 나와 무슨 상관이람? 하고 나는 생각했다. 소녀는 몸을 꼿꼿이 펴고선 보닛 챙 아래로 삐져 나온 검은 머리를 뒤로 쓸어넘겼다. 그 애의 두 팔은 가냘펐고 어린아이의 날쌔고 새 같은 동작을 보여주었다. "상관없으시다면 선생님과 함께 가겠어요." 아이는 말했다. "여기 혼자 있는 건 약간 외로울 것 같네요."

나는 괜찮다고 말했다. 그래서 우리는 텅 빈 벤치 사이로 해서 함께 몰 가로 걸어 올라갔다. 나는 그 애의 집 사람이 혹 없나 해서 사방을 둘러보았지만 아무도 안 보였다. "너 아주 혼자니?" 이윽고 나는 물었다. "너랑 함께 온 사람이 없니?"

소녀는 다른 애가 그곳에 남겨두고 간, 분필로 그어놓은 줄까지 오자 그걸 뛰어넘기 위해 멈췄다. "아뇨. 누가 온다는 거예요?" 아이는 말했다.

"어쨌거나 선생님이 저랑 함께 계시는걸요." 잠시 뒤 그 애는 이렇게 덧붙였다.

그리고 어쩐 셈인지 그 애는 그것으로 대단히 흡족해하는 것 같았다. 아이는 내 손가방 속에 무엇이 들어 있나 궁금해했다. 내가 가르쳐주자 그 애는 만족한 듯이 고개를 끄덕였다. "그림인 줄 알았어요." 아이는 말했다. 어떻게 알았느냐고 나는 물었다.

"오, 그냥 알았죠 뭐." 소녀는 말했다.

축축한 안개는 우리 곁을 따라 떠돌았다. 차갑게 겨울 냄새를 풍기며. 나는 내 팔꿈치보다 더 크지도 않은 어린 소녀와 더불어 몰 가를 걸어가면서 모든 것이 그처럼 기묘하게 보이는 것은 내가 온종일 아무것도 먹지 않았기 때문이라고 생각했다. 내가 하고 있는 짓에 대해서 체포될 수도 있지 않을까 하고 나는 의심했다. 만일 사람들이 묻는 경우 나는 아이의 이름조차 모르지 않나, 하고 생각했다.

한동안 소녀는 아무 말도 안 했다. 그 애는 벤치의 수를 헤아리고 있는 것처럼 보였다. 그러나 그 애는 내가 생각하고 있는 바를 알고 있었음에 틀림없는 것이 우리가 다섯 번째 벤치를 지나쳤을 때 내가 묻지도 않는데 자기 이름을 말했기 때문이다.

"제니라고 해요." 아이는 말했다. "그냥 그렇게만 알고 계세요."

"제니." 나는 약간 얼빠진 듯이 되풀이했다. "제니, 뭐지?"

"제니 에플턴" 하고 그 애는 말했다. 소녀는 계속 걸으면서 자기가 양친과 함께 호텔에 살고 있지만 부모를 그리 자주 보지는 못한다는 얘기를 해주었다. "아버지와 어머니는 모두 배우랍니다. 두 분은 햄머슈타인 뮤직 홀에 나가세요. 밧줄 위에서 요술을 부린다나요."

소녀는 가벼운 도약을 한번 해 보이더니 내게로 다가와선 내 손 안에다 자기 손을 넣었다. "두 분은 좀처럼 집에 계시지 않아요. 흥행중이시니깐요." 소녀는 말했다.

그러나 무언가가 나를 불안하게 만들기 시작했다. 가만 있자, 여기엔 뭔가 잘못된 것이 있다, 하고 나는 속으로 말했다. 잠깐만, 나는 생각했다…… 잠깐만 기다려…… 그러자 나는 생각이 떠올랐다. 그래 ― 바로 그거야 ― 햄머슈타인 뮤직 홀은 수년 전 내가 소년이었을 때 이미 박살이 나버렸던 것이다.

"그런데, 그래서……." 나는 말했다.

내 손 안에 있는 그 애의 손은 단단하고 따스한, 충분히 현실적인 것이었다. 소녀는 유령은 아니었고 나는 꿈꾸고 있는 게 아니었다. "전 학교에 다녀요." 그 애가 말했다. "하지만 아침 나절에만요. 온종일 학교에 다니기엔 아직 전 너무 어리거든요."

나는 소녀의 한숨 소리를 들었다. 어린애다운 괴로움에 넘친, 공기와도 같이 가벼운 탄식을. "기막히게 신나는 수업이란 하나도 없어요." 소녀가 말했다. "대부분이 둘에 둘을 보태면 넷이 된다는 따위의 것들이죠. 좀 더 크면 지리와 역사를 배울 거예요.

그리고 카이저에 대해서도요. 그는 독일의 왕이죠."

"그랬지." 나는 엄숙하게 말했다. "하지만 그건 오래전 일이야."

"건 선생님이 잘못 알고 계시는 거죠" 하고 제니는 말했다. 소녀는 나로부터 조금 떨어져 걸으면서 뭔가를 생각하는 듯 혼자서 미소지었다. "우리 반에 세실리 존즈라는 애가 있답니다." 소녀는 말했다. "전 그 애와 싸울 수 있어요. 전 걔보다 힘이 세거든요. 걔와 아주 당당히 싸울 수 있다나요."

"그앤 꼭 어린애예요."

소녀는 뜀뛰기를 하며 말했다. "함께 놀 누군가가 있다는 건 재미있는 일이죠."

나는 소녀를 내려다봤다. 유행에 뒤떨어진 구식 차림새 — 코트와 게이터* 그리고 보닛 — 를 한 아이를. 이런 모양의 애들을 그린 사람이 누구였더라? 앙리? 부라슈? 옛날 사람들 중의 누구였겠지……. 미술관에 가면 한 장의 그림이 있었다. 누군가의 딸로 그것은 올라가는 층층대 바로 위에 걸려 있었다. 그러나 애들은 언제나 같은 옷을 입었던 것이다. 소녀는 마치 자주 다른 애들과 함께 놀았을 때처럼 내 쪽은 쳐다보지도 않았다. "그래, 그건 확실히 재미있는 일일 거야." 나는 말했다.

"선생님에겐 놀 친구가 없나요?" 소녀가 물었다.

---

* 각반 모양의 목이 긴 구두

"없단다." 나는 말했다.

소녀는 나를 안됐다고 생각하는 듯했다. 그리고 동시에 내가 자기 이외에 아무도 놀 상대를 안 가졌다는 걸 기뻐하는 것 같았다. 그건 나를 미소짓게 했다. 애들의 놀이란 그렇게도 참다운 것이다. 왜냐하면 애들은 모든 것을 믿기 때문에, 하고 나는 생각했다. 우리는 재미있게 움푹 파인 틈서리를 만났다. 그러자 소녀는 틈서리 끝에 닿을 때까지 한 발로 깡충 뛰어넘었다. "전 노래를 하나 알고 있어요." 소녀는 말했다. "듣고 싶으세요?"

그리고 내 대답을 기다리지도 않고 보닛 챙 아래로부터 나를 올려다보면서 소녀는 억양 없는 맑은 목소리로 노래를 불렀다.

어디서 내가 왔을까
아무도 모르네 —
그리고 내가 가고 있는 곳으로
모두들 가네.
바람은 불고,
바다는 흘러 —
그래도 누구 하나 알지 못하네.

노래는 나의 주위를 온통 앗아갔다. 그건 내가 기대했던 것과는 너무나 다른 것이었다. 내가 기다리고 있던 게 무엇이었는지는 모르겠다 — 아마도 자장가나 혹은 당시의 대중가요였겠지 — 배우인 양친을 가진 어린 소녀들은 때때로 사랑 노래를 곧잘 부르니까. "누가 그 노랠 가르쳐줬니?" 놀라서 나는 물었다.

하지만 소녀는 고개를 흔들었을 뿐이다. 그러고는 거기 그렇게 서서 나를 쳐다보고 있었다. "아무도 가르쳐주지 않았어요." 소녀는 말했다. "그냥 노래해본 거예요."

우리는 몰 가의 끝인 거대한 로터리에 이르렀다. 내가 갈 길은 차도를 또다시 가로질러 왼쪽으로 접어들어가서 서문(西門)으로 빠져나가는 것이었다. 겨울 저녁은 고독과 침묵에 싸인 안개 속에 우리를 감싸고, 축축한 수목들이 어둠에 싸인 우리 주변에 헐벗은 모습으로 서 있었다. 그리고 저 멀리선 도시의 교향악이 들릴 듯 말 듯 허공 속에 울리고 있었다. "그럼, 잘 가요." 나는 말했다. "난 이제 가야 하니까."

나는 소녀에게 손을 내밀었다. 그러자 그 애는 정중하게 내 손을 붙잡았다.

"제가 가장 좋아하는 놀이가 뭔지 아시겠어요?" 소녀는 물었다. "몰라." 내가 대답했다.

"소망놀이랍니다."

나는 그 애가 가장 소망하는 게 뭐냐고 물었다.

"제가 자랄 때까지 선생님이 기다려주셨으면 해요." 소녀가 말했다. "하지만 그러진 않으실 테죠, 아마." 눈 깜짝할 새 소녀는 돌아섰다. 그러고는 몰 가 아래로 조용히 되돌아가고 있었다. 나는 소녀의 뒷모습을 바라보며 우두커니 거기 서 있었다. 이윽고 나는 더 이상 소녀를 볼 수가 없었다.

집에 돌아오자 나는 가스 버너에다 깡통 수프 한 통을 데우고 빵 한 조각과 치즈 몇 점을 손수 잘랐다. 그건 내 위장엔 소화가 잘 안 되는 것이었지만 원기를 북돋워주었다. 그러고 나서 나는 화구가방 속에서 내 그림들을 꺼내선 벽에 기대어 마루 위에 세워두고 훑어봤다. 그림들은 모두가 뉴잉글랜드의 풍경들이었다. 케이프코드, 교회들, 보트며 고풍스런 집들……. 대부분은 수채화로서 어쩌다 몇 점의 드로잉이 섞여 있었다. 하지만 도시의 그림은 한 장도 없었다……. 그전엔 결코 그걸 생각해본 적이 없었다는 게 재미있었다…….

나는 창가로 가서 밖을 내다봤다. 별로 볼 만한 것도 없었다. 어둡고 몽롱한 지붕과 굴뚝이 이루는 선들, 몇 개의 불 켜진 창들, 그리고 북쪽으론 허공에 어렴풋이 솟아오른 보다 높은 몇 개의 빌딩들, 그리고 그 모든 걸 덮고 있는 겨울날의 축축하고 차가운 하늘, 해안의 음습하고 무거운 대기. 한 척의 예인선(曳引船)이 만에서 기적을 울렸다. 구슬프고도 신비로운 음향이 지붕 위를 거쳐 흡사 강물 위를 넘나드는 해조와도 같이 도시의 불안한 웅얼거림 위를 떠돌았다. 나는 어째서 내가 도시의 그림들을 그리려고 하지 않았을까, 하고 의아하게 생각했다……. 나는 강의 파스텔화를 몇 점 그릴 수 있었을 텐데, 하고 생각했다. 만약에 하늘의 차가운 색조를 나타낼 수 있다면, 또한 저녁 나절 공원 남쪽의 빌딩들이 이루는 저 선들을 — 만일 내가 저들이 지니는 검푸른 산 같은 모습을 나타낼 수만 있다면. 그러나 이러는 동안에도 줄곧 내 마음속 깊숙이에선 몰 가에서 만났던 아이에 대한 생각이 떠나지 않고 있었다. 내가 어디로 가는지, 아무도 모르네. 바람은 불고, 그래도 누구 하나 아는 이 없네. 그것은 이상하고도 아담한 노래였다. 그 노래의 지극히 무미함이 그걸 잊지 못하게 만들었다. 그것의 단조로움이 노래의 그토록 중요한 일부를 이루고 있었던 것이다.

　나는 소녀가 돌아서 가기 전에 내게 한 마지막 말을 생각했다. 그러나 사람들은 다른 사람이 자라나는 걸 기다려줄 수는 없다. 그들은 나란히 함께 자란다. 한 발 한 발, 너나 없이 모두가 다 같이. 그들은 다 같이 어린애였고 또한 다 함께 노인이 된다. 그리하여 그들은 다 함께 기다리고 있는 어떤 것을 향해 사라져 가는 것이다 — 잠 속으로, 혹은 천국 쪽으로인지 나는 알지 못한다.

　나는 전율했다. 창 앞의 커다란 회색의 더러운 라디에이터는 다만 미적지근한 온기밖에 없었다. 나는 지크스 부인에게 다시 한번 얘기해야겠다고 생각했다. 그러나 바로 그때 마치 누군가가 내게 슬픔에 대한 옛이야기를 해준 것이나처럼 불현듯 나는 슬픔을 느꼈다. 그날 밤엔 더 이상 일하려고 해봤자 소용없는 일이었다. 나는 용기를 간직하기 위해 침대로 갔다.

2

 또다시 방세가 밀렸다. 나는 만약에 지크스 부인이 내 방에 세 들 누군가를 구할 수 있었더라면 나더러 방을 내놓으라고 요구했을 것이라고 생각한다. 그러나 아무도 이와 같이 다 찌그러진 가구에다 낡은 먼지투성이 천장을 지닌 화실을 갖고 싶어 하지는 않았다. 그 대신 그녀는 내가 난방에 관해 말해야만 했을 때 나가라는 것 못지않게 나쁜 구실로 그걸 악용했다. "여긴 호텔이 아니에요" 하고 그녀는 말했다. "당신이 지불하는 방세로선 안 돼죠. 난방은 당신의 방세로 해드리는 게 아니랍니다."

 "그야 당신이 방세를 지불한다면야" 하고 그녀는 음산하게 덧붙였다.

 나는 보통 그녀를 만나는 걸 두려워했다. 입을 굳게 다물고

야윈 두 손을 배 위에서 맞잡은 자세로 그녀는 나를 마주 보고 거기 버티고 서 있곤 했다. 그럴 때 그녀의 시선은 마치 나의 미래를 꿰뚫어보고 있는 것처럼 보였다. 그리고 그 미래란 과거와 마찬가지로 절망적이라는 것을 간파하고 있는 것처럼. 내가 어째서 거기를 떠나 딴 곳으로 가지 않았을까, 하고 독자들은 의아하게 여길지도 모른다. 그러나 사실은 나는 아무 데도 갈 곳이 없었던 것이다. 값싼 화실을 얻기란 지독히 힘들었다. 게다가 나는 거의 언제나 방세를 체납하기가 일쑤였으며 그 무렵엔 너무나 자신에 대한 희망이 없었으므로 다른 곳으로 옮겨본들 더 나아지리라 믿어지지도 않았기 때문에 그냥 눌러 있었던 것이다.

그 당시는 어디서나 불황이었다. 원한이 우리 머리 위 공중에서 파열하여 서로 싸웠다. 마치 창세기의 새벽에 천사와 악마가 벌인 천상의 전투와도 같이. 화가를 위해선 그 어떠한 세계였던가 — 블레이크나 혹은 고야를 위한 세계. 하지만 나를 위한 세계는 아니었다. 나는 신비가도 아니고 혁명가도 아니었다. 내 속엔 한편으론 너무나 많은 중서부 출신인 아버지의 기질이 있었고 다른 한편으론 너무나 많은 뉴잉글랜드 혈통인 조모의 피가 흐르고 있었다. 더욱이 이들의 천국은 신앙으로 빛났던 것이다.

나는 지크스 부인이 비록 입 밖에 내지는 않았으나 내 그림에 감탄하고 있었다고 믿는다. 그녀는 곧잘 꾹 다문 입과 맞잡은 손의 자세로 서서 내 그림들을 들여다보곤 했다. 그리고 한 번은 트루로의 페멧 강 위로 내려앉는 마을의 스케치 한 장을 일주일 치의 방세 대신 받아주기도 했다. 그건 오늘 같으면 훨씬 높은 값을 부를 수 있으리라고 생각되지만 그녀가 그걸 알고 있을지 여부는 의심스럽다. 또한 그 속에서 도대체 그녀가 무얼 보는지도 나는 알지 못한다 — 아마도 보다 더 명랑했던 시절의 어떤 추억이었을까 — 나는 그 속에다 여름날의 고요를, 영원히 흘러가는 강물의 평화를, 또한 풀밭 위에 버려진 낡은 보트들의 적요(寂寥)를 표현하려고 했던 것이다. 아마도 그녀 역시 거기서 그걸 보았을지도 모른다 — 혹은 단지 추측했을 따름인지 — 나는 알지 못한다.

그녀는 도시를 그린 내 그림들엔 관심이 없었다. 이제 와서 돌이켜보건대 그것들은 그녀에겐 다만 한 편의 옛이야기에 지나지 않았다는 걸 나는 이해할 수 있다. 단지 그녀가 당밀에 달라붙은 파리처럼 붙들렸던 도시였을 뿐이라는 것을. 강물 위의 차가운 하늘이나 바람 이는 그늘진 거리의 산악 같은 푸른빛에 대해 대체 그녀가 무슨 관심이 있었겠는가? 그녀는 그것들을 너무나 잘 알고 있었다. 그녀는 그것들과 더불어 자신의 삶을 살아야만 했던 것이다. 그러나 나는 희망에 가득 차 있었다. 그리고 그것은 사흘이나 지속되었다. 이 사흘이란 기간의 끝에 가서 나는 내가 도시 스케치들의 어느 것도 팔 수 없었다는 사실을 발견했다.

전환이 온 것은 나흘째의 늦은 오후였다. 그 당시엔 그걸 나는 전환으로 생각지 않았다. 그것은 다만 한 조각의 행운일 뿐 그 이상은 아닌 것이라고 생각되었던 것이다.

 나는 내 그림들을 겨드랑이에 끼고 쏘대던 거리로부터 집으로 돌아오는 길이었는데 마침 그때 매튜스 화랑 바로 앞에 와 있는 자신을 발견했다. 나는 이전엔 결코 거기에 가본 적이 없었다. 당시에 그것은 조그마한 화랑이었으며 6번가를 벗어난 골목에 위치해 있었다. 거기선 전람회가 개최되고 있었는데 어떤 젊은 화가의 작품들로서 대부분이 인물과 꽃 그림들이었다. 그래서 나는 얼마간 호기심 때문에 안으로 들어갔다. 내가 실내를 둘러보고 있으려니 매튜스 씨가 내게로 와선 무얼 원하느냐고 물었다.

 지금은 나는 헨리 매튜스를 아주 잘 알고 있으며 그에 관한 모든 걸 알고 있다. 사실 6년 전에 나의 〈흑의의 소녀〉를 메트로폴리탄 미술관에 팔아준 사람은 바로 그였다. 나는 그가 수줍고 상냥한 성품을 지녔음을 알고 있다. 그는 내가 들어갔을 때 틀림없이 날 미워했을 것이다. 왜냐하면 내가 무언가를 사기 위해 거기 있는 게 아니라는 사실을 대번에 알아챘기 때문이다. 그러나 날이 저물었고 그는 가게문을 닫고 싶어 했다. 그러므로 그는 나를 쫓아내야만 했다. 그 당시엔 스피니 양 역시 그를 위해 화랑을 운영하고 있었는데 그녀는 집에 가고 없었다. 그러지 않았던

들 그는 그녀를 내게 보냈을 것이다. 그녀는 무언가를 그에게 팔고자 하는 사람을 어떻게 다루는가를 알고 있었다.

그는 화랑 후미에 있는 자기 사무실에서 나와선 나를 보고 모호하게 미소지었다. "어서 오십시오." 그는 말했다. "뭘 원하십니까?"

나는 그를 쳐다봤다. 그러고는 겨드랑이에 끼고 있는 내 화구 가방을 내려다봤다. 좋아, 상관 있나? 하고 나는 생각했다. "혹시 내 그림을 한 장 사지 않으실까 하구요." 내가 말했다.

매튜스 씨는 입에다 손을 갖다 대고 점잖게 기침을 했다. "풍경이오?" 그가 물었다.

"그렇습니다." 내가 말했다. "대개는요."

매튜스 씨는 다시 기침을 했다. 나는 그가 친애하는 젊은이여, 살 것이 없군요, 라고 내게 말하고 싶어 했다는 걸 알고 있다. 그러나 그는 그 말을 입 밖에 낼 수가 없었던 것이다. 왜냐하면 그가 "노(no)"라고 말해야만 했을 때 사람들의 눈 속에 나타나는 표정을 그는 두려워했던 까닭이다. 스피니 양만 집에 가버리지 않았더라도 — 그녀는 간단한 몇 마디로 내 제의를 처리해서 날 돌려보냈으련만.

"글쎄요." 그는 의심스럽게 말했다. "모르겠군요. 물론 우린 좀처럼 사지 않습니다……. 거의 전혀…… 게다가 시절이 이렇고 보니…… 어쨌거나 가지신 거나 봅시다. 풍경화라, 흠…… 하아, 안 되겠는데요."

나는 가방의 줄을 풀어선 그걸 테이블 위에 세웠다. 나는 어떤 희망도 품지 않았으나 내 작품을 보여주게 된 것만으로도 의미 있는 일이었다. 화랑 안은 따스했고 나는 춥고 피곤했다. "이것은 케이프코드에서 내려다본 습작들입니다." 나는 그에게 말했다. "저건 북(北) 트루로의 어장이죠. 저건 콘힐이고, 이건 매슈피의 교회."

"풍경화라." 매튜스 씨는 슬프게 말했다.

피로와 시장기와 추위, 그리고 오랜 기다림과 실망이며 이 모든 것이 내 목구멍을 졸라매어 한순간 나는 말을 할 수가 없었다. 나는 내 그림들을 거두어 나가버리고 싶었다. 그러는 대신 나는 이렇게 말했다. "여기 도시의 스케치가 한두 장 있는데요. 다리가 있는……."

"무슨 다리죠?"

"새 것입니다." 나는 말했다.

매튜스 씨는 한숨지었다. "그렇지나 않나 하고 걱정했지요." 그가 말했다.

"그리고 여기 공원에서 남쪽을 바라보는 경치가 있어요……."

"그건 좀 낫군요." 매튜스 씨는 맥없이 말했다. 그는 너무 실망하는 기색을 보이지 않으려 애쓰고 있었다. 그러나 나는 그가 불행하다는 걸 알 수 있었다. 그는 도대체 내게 어떻게 말해야

좋을까를 곰곰 생각하고 있는 것처럼 보였다. 자, 말씀하십시오, 하고 나는 속으로 생각했다. 어째서 당신은 내게 그걸 말하지 않으시오? 나가라고 일러주시오. 당신은 이 중의 어떤 것도 원치 않소…….

"이건 오리가 떠다니는 호수…….”

갑자기 그의 눈은 빛났다. 그리고 그는 화구가방으로 손을 뻗쳤다. "이거." 그는 소리 질렀다. "저건 뭐죠?"

나는 스스로도 호기심을 가지고 그가 손에 쥔 것을 바라봤다. "왜 그러세요." 나는 확신없이 말했다. "그건 아무것도 아닙니다. 그건 다만 스케치일 뿐이죠 — 공원에서 만난 어린 소녀를 그린. 무언가 상기하려고 그랬던 건데……. 그걸 가져온 줄은 몰랐군요."

"아아." 매튜스 씨는 행복하게 말했다. "하지만 어쨌든…… 이건 색다른 것이오. 이건 좋아. 대단히 좋습니다. 내가 어째서 이걸 좋아하는지 아시겠소? 나는 그 속에서 과거를 볼 수 있거든요. 그래요, 선생…… 나는 이전에 어디선가 이런 어린 소녀를 본 적이 있답니다. 어디서였던가는 말할 수는 없지만 말이오."

그는 자기 앞에다 그림을 치켜들었다. 그러고 나서 그걸 내려놓고선 멀리 떨어져 가서 보더니 다시 제자리로 돌아왔다. 그는 훨씬 더 즐거운 것처럼 보였다. 나는 그가 아무것도 사지 않은 채 나를 보내지 않아도 되었기 때문에 기꺼워하는 것이라고 생각했다. 나의 심장은 고동치기 시작했다. 그리고 두 손이 떨고 있음을 나는 느꼈다.

"그래." 그는 말했다. "이 아이에겐 무언가 나로 하여금 상기시키는 게 있단 말이야. 미술관에 걸려 있는 부라슈가 그린 아이일 수도 있겠지?"

나는 거세게 숨을 들이켰다. 한순간 나는 제니와 더불어 안개 짙은 몰 가를 뚫고 거닐었던 저 꿈 같은 기분을 다시 한번 느꼈다. "그 그림의 모사라는 게 아니오." 그는 황황히 덧붙였다. "게다가 같은 아이도 아니고, 스타일은 전혀 당신 고유의 것이니까. 다만 이 두 그림 사이엔 한 편이 다른 편을 상기시키는 무언가가 있단 말이오."

그는 활기 있게 몸을 곧추세웠다. "사겠소." 그는 말했다. 그러나 돌연 그는 얼굴을 숙였다. 나는 그가 내게 얼마를 지불할까를 곰곰 생각하고 있다는 걸 알 수 있었다. 나는 그것이 대단한 값이 나가지 않는다는 걸 알고 있었다. 담채(淡彩) 정도로 약간의 붓질을 했을 뿐인 한갓 스케치…… 설사 그가 제대로의 값을 지불한다 해도 겨우 한 끼 정도의 괜찮은 식사를 하기에 족한 금액일 테지. 돌이켜보건대 그 역시 그렇게 생각하고 있었다는 걸 지금은 나는 확신한다.

"자, 젊은이." 그는 말했다……. "성함이 어떻게 되시오?" 나는 이름을 말해줬다.

"좋습니다. 그럼, 애덤즈 씨, 내 생각을 말하지요. 나는 저 소녀를 사들이겠소…… 또 공원 풍경도…… 그리고 이 두 점에 대해 당신에게 25달러를 드리지요."

이제 내 손은 진정으로 떨고 있었다. 25달러…… 그 당시엔 그만한 액수의 돈은 나로선 대단한 것이었다. 그러나 나는 지나치게 열심인 것처럼 보이고 싶진 않았다. 어떻게 해서든 우리를 곧장 꿰뚫어보는 사람들을 속이기 위해 고심해야 하다니 이 무슨 불행인가.

"좋습니다." 나는 말했다. "그만하면 후한 값이죠."

내게 돈을 지불하기 위해 자기 사무실로 돌아가기 전에 그는 포켓에서 자그마한 종이철을 끄집어내어 거기다 뭔가를 기입했다. 그가 테이블 위에다 그걸 편 채로 두고 갔기에 나는 우연히 그걸 훑어보게 되었다. 그것은 화랑의 출납 장부임에 틀림없는 게 "매상"과 "지출"이라 표기된 난 아래 두 줄의 숫자가 있었기 때문이다. "매상" 난에는 다음과 같이 적혀 있었다 — 소(小) 에칭 1점, 수변(水邊) 풍경, 머린, 제2쇄, 35달러. 원색판, 푸른 꽃 소품 1점, 세잔느, 7.5달러. 석판화 1점, 공원, 소우여, 배나무 틀을 끼워, 45달러.

"지출" 난에 그는 다음과 같이 기입해두고 있었다.

점심, 맥주를 곁들여　　　　　　　80센트

담배	10센트
모자 보관	10센트
버스(왕복)	20센트
우표	39센트
스피니	5달러
노병의 모자를 쓴 남자로부터 산 기(旗)	10센트
수채화 2점, 애덤즈	15달러

    한순간 내 가슴은 내려앉았다. 나는 그가 25달러라고 말한 것으로 생각했기 때문이다. 그러나 내가 거기에 대해 지나치게 실망할 시간을 갖기도 전에 그는 약속한 액수의 돈, 10달러 두 장과 5달러 한 장을 가지고 다시 왔다. 나는 그에게 사례하려고 했다. 그러나 그는 나를 제지했다. "아니." 그는 말했다. "내게 사례는 마시오. 종내엔 내가 당신에게 감사해야만 될지 누가 알겠소."

    그는 내게 수줍은 미소를 보였다. "곤란한 것은 아무도 우리의 시대를 그리지 않는다는 것이지요. 누구 하나 우리가 살고 있는 시대를 그리지 않는단 말입니다."

    나는 벤턴과 존 스튜어트 커리에 대해 뭐라고 웅얼댔다. "아니요." 그는 말했다. "풍경화를 들여다본댔자 시대가 어떤 모습을 하고 있는가를 알아낼 수는 없는 노릇이죠."

    나는 깜짝 놀란 모습을 했음에 틀림없다. 왜냐하면 그가 아주 얕보는 투로 기침을 했기 때문이다. "나더러 몇 마디 말하게 해주십시오, 애덤즈 씨." 그가 말했다. "당신에게 몇 마디 충고를 하도록 해주시오. 세계는 풍경화로 가득 차 있습니다. 그것들은 날마다 한 무더기로 쏟아져 나옵니다. 저 공원의 어린 소녀 초상화를 내게 그려주십시오. 그걸 사지요. 그거라면 몽땅 다 사겠소. 다리 따윈 염두에도 두지 마시오. 세상은 다리로 넘쳐요. 위대한 초상화를 그리십시오. 그러면 내가 당신을 유명하게 만들어드리지요."

수줍게 내 어깨를 두드리며 그는 황혼에 물든 차가운 겨울 대기 속으로 나를 전송했다. 그러나 나는 때가 겨울인지 아닌지의 여부를 더 이상 알지 못했다. 25달러…….

내가 지출난에 기입됐던 15달러에 대한 진상을 알아내는 데엔 오랜 시간이 걸리지 않았다. 그것은 그가 그 그림들에 대해 평가한 총액이었다. 그리고 그는 스피니 양이 내일 아침에 뭐라고 잔소리를 할까 봐 두려워했다. 그는 자신의 호주머니에서 차액을 메우려고 작정했던 것이다.

3

 청춘의 뜨거운 가슴은 너무도 쉽사리 변한다. 그러므로 나는 이미 성공한 것처럼 생각했으며 전세계가 나와 더불어 성공을 공유하기를 바랐다.

 그날 밤 나는 암스테르담 가에 있는 무어의 알함브라에서 식사를 했다. 모든 나의 영광을 위해 그것은 내가 할 수 있는 최상의 것이었다. 내가 들어서자 우리가 사는 거리의 모퉁이에 곧잘 서 있곤 하던 택시의 차주인 거스 메이어가 테이블 너머에서 내게 손을 흔들었다. "여봐, 맥." 그는 소리 질렀다. "일루 와 앉아요." 그는 아무에게나 맥이라고 불렀다. 그것은 사람들이 그에게 개인적으로는 아무것도 의미하지 않는다는 것을 알리는 방식이었다. 혹은 그가 사람들을 좋아한다는 뜻이기도 했다.

"그래, 어떠시오?" 내가 자리를 잡은 뒤 그는 말했다. 그는 돼지관절육을 담은 커다란 쟁반을 앞에 놓고 있었다. 거기다 맥주 한 컵도. "오늘은 특제라오." 그는 말했다. "당신도 좀 드셔야겠소."

두 명의 웨이터 중 키가 작은 프레드가 우리한테 왔다. 나는 주문했다. "잘돼갑니다." 나는 거스에게 말했다. "방금 어떤 화랑에 그림 두 점을 팔았답니다."

그는 포크를 입으로 가져가다 말고 멈칫하고선 입을 벌린 채 나를 멍하니 쳐다봤다. "돈을 벌었다는 말이오?" 그는 물었다.

그는 포크를 내려놓더니 의심스럽다는 듯 고개를 흔들었다. "필시 그건 당신에게 굴러들어온 것일 테지." 그는 말했다. "하지만 그걸 지금 써버리진 마시오. 은행에다 넣어요. 광고에 나와 있는 대로 말이오."

나는 그 돈의 대부분이 내 하숙집 여주인에게 넘어가야만 한다는 걸 그에게 말해줬다. 그는 안됐다는 시선으로 나를 봤다. "예술가란 그다지 벌이가 잘 되는 직업은 아니거든." 그는 나를 위로해주려는 듯이 말했다. "나 역시 마찬가지라오. 당신은 저축해둘 기회라곤 도무지 없겠구려."

1, 2분 동안 그는 느긋한 시선으로 자기 접시를 들여다봤다. "어느 땐가 나는 600달러나 지니고 있었지요." 그는 말했다. "하지만 그걸 써버렸다오."

거의 뒷궁리의 꾀인 듯 그는 덧붙였다. "얼마간은 어머님께 드렸지요."

그리고 그는 용건은 끝났다는 태도로 식사로 돌아갔다.

"이건 기막힌 관절육이야" 하고 그는 단언했다.

한동안 우리는 말 없이 먹었다. 먹기를 끝내자 그는 자기의 빈 접시를 밀어내었다. 그러고는 식탁 위의 컵에서 목재 이쑤시개 하나를 뽑아내더니 회상하기 위해, 또한 숙고하기 위해 몸을 뒤로 젖혔다.

"어느 날엔가는" 그는 생각에 잠겨 말하기 시작했다. "돼지관절육도 맥주도 없어질 때가 오겠지. 그렇게 되면 난 이곳에 오고 싶지도 않고 오지도 않을걸."

"나는 지금 여기 있고 싶지 않아요." 나는 말했다. "하지만 나는 있거든요."

"그래." 그는 말했다. "건 당신으로선 어쩔 수 없는 일이지. 당신은 여기 있다. 그리고 이곳에 머문다. 그렇담 이 모든 건 대체 뭐란 말이오? 나 자신에게 물어봅시다."

그는 오랫동안 주의 깊게 자기의 이쑤시개를 바라봤다. "하지만 대답할 수 없는걸." 그는 선언했다. "그대는 가난하게 태어났다. 그리고 가난뱅이로 죽는다. 설사 그대가 무얼 좀 벌었다 해도 사람들은 그대에게서 그걸 탈취하려고 하지."

나는 뻔한 대답을 했다. 어떤 사람들은 비록 가난뱅이로 태어났지만 부자로 죽었다고. "그땐 또 다른 걱정거리가 생기는 법이지." 거스는 말했다. "난 저들을 부러워하지 않아. 내가 원하는 것은 자동차에 쏠 새 코일이 전부야. 그놈이 스피드를 떨어뜨리거든."

"전보다 많은 걸 바라는걸요." 내가 말했다.

"건 몹쓸 생각이오." 그는 말했다. "나는 한때 600달러를 가지고 있었는데 죄다 써버렸거든."

나는 그가 그중의 일부를 자기 어머니에게 주었다는 사실을 그에게 상기시켰다.

"그게 어쨌다는 거요? 누구나 어머니라는 걸 갖고 있고 어머니는 돌봐드려야 하거든. 그렇지 않소?"

"글쎄요." 나는 말했다. "전 어머니가 안 계시거든요."

"안됐군, 맥." 거스는 말했다. 그는 눈을 내리깐 채 침묵을 지켰다. "당신은 필시 결혼했을 테지?" 이윽고 그는 입을 열었다. 나는 아니라고 말해줬다.

"과연, 당신은 아직도 젊군." 그는 말했다. "어느 날엔가 당신은 적당한 배필을 만나게 되겠지. 그러면 모든 게 낙착되는 거야." 그는 앞으로 기대더니 진지하게 나를 들여다봤다. "자넨 근사한 녀석이야, 맥." 그는 말했다. "은행에다 돈을 넣어요. 그러면 자네가 좋은 배필을 만날 때 정착할 수 있게 되지."

나는 이런 따위 일은 이야기하고 싶지 않았다. "들어보세요."

나는 말했다. "나는 돈이 없습니다. 결코 가져본 적도 없구요. 나는 그저 되는 대로 해나가는 거예요. 그러고는 하나님께 맡기지요."

"옳아." 그는 동의했다. "그렇고말고. 하지만 그건 중요하지 않아. 자네가 스스로에게 요구하고자 하는 것이 바로 하나님이 원하시는 그것일까?"

이 말은 나를 멈칫하게 만들었고 약간 불안하게 했다. "모르겠어요, 거스." 나는 말했다. "당신은 '그분'이 생각하시는 게 무엇이라고 생각하세요?"

이쑤시개는 이제 완전히 씹혀 짓이겨졌다. 그는 두 다리를 의자의 가로 걸친 나무에 감아붙이더니 몸을 뒤로 제쳤다. "자네에게 말할 수 있었으면 좋겠는데, 맥." 그는 말했다. "정말, 그래보자구. 이따금 자넨 '그분'이 우리가 있는 이곳의 일을 거의 모르고 있다고 생각하곤 할 테지. 그러다 최악의 사태에 이르는 것처럼 보일 때 자넨 분기점을 만나게 된다. 저어시 시로 가는 승객이 온다든가 혹은 어느 취객이 자네에게 5달러짜리 지폐의 나머지를 팁으로 준다든가 따위. 그런 일은 자네로 하여금 하나님을 믿도록 만들지는 못하겠지만 그래도 육지가 있는 방향이 어딘가를 가리켜주기는 하거든."

"불기둥" 하고 내가 말했다. "선택된 백성 앞에 나타났던 것이죠."

그러나 거스는 우울하게 머리를 저었다. "그거야말로 일찍이 우리가 입은 가장 쓰라린 타격이었지." 그는 말했다. 그는 젖히고 있던 의자를 내려놓고 테이블 앞으로 몸을 굽혔다. "들어보게, 맥." 그는 말했다. "자넨 우리가 무엇 때문에 선택됐나를 자문해본 적이 있나? 내가 보는 바로는, 우린 혜택을 받기 위해 선택되진 않았다네. 우린 완강했기 때문에 선택된 걸세. 그리고 '그분'께서도 그러한 우리를 필요로 하는 거지. 그럼으로써 우리가 '그분'에 대해 세상에 알릴 수 있도록 말일세. 그런데 세상은 귀를 기울이고 싶어 하지 않거든. 그들은 자기들 식으로 하고 싶어 하지. 그러므로 그들은 우리를 차 던진다네. 하나님은 괘념치 않아. 그분은 말씀하시지. 그저 묵묵히 저들에게 일러주기만 하라고 말일세."

"그렇다면 예수는요?" 나는 물었다.

"그는 유대인이었지. 안 그래?" 거스는 말했다. "그분은 저들에게 일러주었다네. 그런데 그것이 그분에게 가져다준 게 뭐였지? 만약에 예수께서 말씀하신 걸 자네가 오늘날 말한다면 자넨 너무나 빨리 걷어채여 산산조각이 나버릴 걸세."

그는 몸을 일으키고는 어두운 시선으로 나를 쳐다봤다. 흡사 옛 선지자의 한 사람처럼. "그것이 바로 우리가 혹된 시련을 당하는 이유이지." 그는 말했다. "선택돼 있다는 것이 말일세."

"맥주나 한 잔 더 해요." 내가 말했다. "제가 낼 테니까요."

"오케이." 그가 말했다. "뭐 내가 내도 상관없어."

무어 씨가 손수 우리의 맥주를 날라왔다. 그는 덩치가 크고 뚱뚱한데다 소심한 사람이었다. "어때요, 거스?" 그가 말했다. "좋아 보이는군요. 재미 좋았던 모양이죠?" "멋있지." 거스가 말했다. "내 친구와 인사하시오. 이름이 뭐요, 맥?"

무어 씨와 나는 악수를 했다. 그리고 그는 우리 테이블에 앉았다. "잠깐 끼어 앉아도 되겠지요?" 그가 물었다. "아무렴요." 나는 대답했다.

"이 사람, 맥은 예술가라오." 거스가 말했다. "화가란 말이오. 방금 돈을 톡톡히 벌었다오."

알함브라의 주인은 내게 빙글거렸다.

"아이고, 그렇습니까. 근사한 일이군요. 당신은 모든 것에 대만족이시겠군요?"

나는 그렇다고 했다. 모든 것이 좋다고.

"저희들도 적으나마 이렇게 멋진 가게를 손에 넣었답니다." 무어 씨가 말했다. 마치 처음으로 그 모든 걸 보는 것처럼 천천히 주위를 둘러보면서. "우린 모든 사람을 만족시키기 위해 애쓰고 있지요."

나는 훈훈하고 행복했다. 이제 나는 어떻게 할 것인가? 라고 줄곧 생각함이 없이 사람들과 더불어 인생사를 얘기한다는 것은 근사한 일이었다.

"훌륭한 사업이로군요, 무어 씨." 내가 말했다. "당신도 그걸 알고 계시리라 생각합니다만."

그는 갑자기 조심스럽게 나를 보았다. "글쎄요, 지금은 모르겠군요." 그는 단언했다. "이 장사엔 귀찮은 일들이 많답니다. 조합과의 문제며 그 밖의 모든 일들이 그렇지요. 게다가 식료품은 대단히 비싸고. 이 장사에서 톡톡히 재미를 보지는 못해요. 밤엔 테이블의 반도 차지 않아요. 주로 점심때나 한몫 보는 거죠."

"당신은 가게를 꾸며놓아야만 해요." 거스가 말했다. "내 차를 좀 봐요. 나는 저 낡은 합승을 일주일에 한 번씩 철저히 다시 손본답니다. 그놈을 광이 나도록 하는 거죠. 그것이 손님들을 끌어당기니까. 모두들 근사하게 보이는 물건을 좋아하거든요."

"물론이죠." 무어 씨가 말했다. "다만 전 그럴 여유가 없는걸요."

거스는 쓰던 이쑤시개를 반으로 꺾고는 다른 것에 손을 뻗쳤다. "이 맥은 화가라오." 그는 말했다. "그에게 당신을 위해 뭔가를 그리도록 하구려."

무어 씨는 거스로부터 내게로 시선을 옮겼다. 그는 설탕 항아리를 잡더니 그걸 다시 놓았다. "글쎄요." 그는 말했다. "그것도 하나의 아이디어이긴 해요." 그러나 그는 내가 뭐라고 말하는가를 들으려고 기다리고 있다는 걸 알 수 있었다.

나 역시 그건 좋은 착상이라고 생각했다. 그건 나를 깜짝 놀라게 하긴 했지만, 기실 그러한 종류의 일은 나 자신에 관련해서 생각해본 적이 없었던 것이다. "물론" 하고 무어 씨는 말했다. "많은 돈을 드릴 수는 없구요."

"좋아요." 거스가 말했다. "당신은 이 친구에게 급식은 할 수 있겠지요. 안 그렇소?"

"그러믄요." 무어 씨가 생각에 잠겨 대답했다. "그야 가능하죠."

"이봐, 맥." 거스가 말했다. "이로써 자네 식권이 생겼어."

"그건 훌륭한 착상이군요." 나는 말했다.

무어 씨는 나를 곁눈질했다. "저 바 위에다 뭔가 자그마한 것을 그려주실 수 있겠지요." 그는 말했다. "저기 서서 바라보고 즐길 수 있는 뭔가 아취 있는 것을 말입니다."

"여자들이 있는 그림을 말하는 거야." 거스는 설명했다. "왜 알잖아…… 아무것도 걸치지 않고 풀 위에 앉아 있는 따위 말일세."

레스토랑 주인은 거북한 듯이 몸을 움직였다. 그의 살진 얼굴이 핑크빛으로 물들었다. "숙녀들이라야 해요." 그는 말했다. "약간 까다로운 사람들 때문이죠."

"공원에서의 현대적 피크닉 같은 것 말이죠." 나는 고개를 끄덕이며 말했다. "알겠습니다."

그는 아까보다 더 거북하게 보였다. "기품 있는 것이라야만 해요." 그는 말했다. "말썽이 생기지 않을 것으로 말입니다."

나는 그가 원하는 바가 무엇인지를 알고 있다고 말했다. 그랬더니 그는 감사하다는 표정을 지어 보였다. "좋습니다." 그는 말했다. "시작하도록 하십시오. 일하는 동안 당신은 이곳에서 식사를 하실 수 있습니다. 그 다음은 일이 잘 된다면 다른 합의를 볼 수도 있겠지요."

그것은 그다지 사무적인 합의는 아니었다. 그러나 우리는 악수를 했고 그는 웨이터를 손짓해 불렀다. "두 분의 식사대는 약소하지만 제가 맡지요." 그는 계산서를 집어서 거기다 줄을 그으면서 말했다.

우리가 밖에 나오자 거스는 내 어깨를 두드렸다. "자넨 이제 돈을 벌게 됐어, 맥." 그는 말했다. 나는 그에게 감사하려고 했으나 그는 그걸 물리쳤다. "들어봐요." 그는 말했다. "나는 그 때문에 저녁 한 끼를 벌었잖아. 안 그래?"

그러고는 택시에 올라타자 싱글거리며 한마디 덧붙였다.

"기품 있게 그려요, 맥."

나는 이 세상은 얼마나 근사한가 생각하면서 집으로 돌아왔다. 나는 지크스 부인에게 밀린 2주일 분의 방세를 지불하고 일주일치를 선불했다.

"대체 웬일이죠?" 그녀는 물었다. "은행이라도 털었나요?"

그녀가 그렇게 말하는 것조차 기분을 잡치게 하지 않았다.

"아니요." 나는 말했다. "벽화를 그리게 되었어요."

4

 내가 제니를 다시 본 것은 어느 일요일 아침이었다. 맑고 추운 날씨가 2, 3주일 계속되었으며, 72번가에 있는 공원의 커다란 호수는 얼어붙어 얼음을 지치기에 좋았다. 나는 낡은 런스 제의 스케이트를 끄집어내어 밖으로 나갔다. 빙판 위엔 스케이터들로 붐볐다. 나는 호숫가의 벤치 위에 앉아 스케이트화를 신고 나서 구두를 가죽 벨트로 묶어놓았다. 나는 최대의 넓이로 활주해 나가 점차 눈을 차 날리는 선회 속에 이끌려 들어갔다. 얼굴에는 햇빛을 담뿍 받으며.

 그것은 겨울철 뉴욕에서 맛볼 수 있는 아름다운 날의 하나였다. 청백색 하늘과 천천히 서쪽에서 동쪽으로 흘러가는 가볍고 높은 회백색 구름의 날씨…… 도시는 햇빛으로 빛나고 지붕 꼭

대기는 번쩍거리며 빌딩들은 흡사 물과 공기로 빚어진 듯한 모습을 띠는 것이었다. 나는 긴 활주로 힘차게 미끄러져나갔다. 숨을 깊이 들이마시며 자신을 젊고 강하다고 느끼면서 — 혈관 속엔 피가 뜨겁게 흐르고, 공기가 차갑고도 상쾌하게 얼굴을 스치는 걸 느끼면서. 남녀가 쌍쌍이 손을 맞잡고 볼엔 홍조를 띤 채 나와 엇갈려 지나갔다. 학생들은 경주용 스케이트 위에 몸을 웅크리고서 얼음과 바람을 가르며 흡사 잉어떼 모양 쏜살같이 날아갔다. 한 노신사가 혼자서 공상적인 피겨를 해 보이고 있었다. 갈색 옷차림에 붉은 울 스카프를 한 그는 앞으로 빙 돌아 선회하고 도약했다. 그러고는 스케이트를 일직선으로 한데 모아 무릎을 굽힌 채 양손을 허리에 대고 팔꿈치는 양옆으로 편 자세로 뒤로 빙돌아 회전했다. 골똘하고 당당한 모습으로. 나는 멈추어 한동안 그를 주시했다. 그러고 나서 또다시 햇빛 속으로 나아갔다. 나를 둘러싸고 있는 모든 것은 움직이고 활주하는 스케이터들의 고요한 흐름, 얼음을 긁는 강철의 삐걱거리는 소리, 차가운 공기, 그리고 눈부신 색채들이었다.

나는 두 연못 사이의 다리 근처에서 제니를 발견했다. 그녀는 전신을 검은 벨벳으로 싸고 있었다. 짧고 폭넓은 스커트에다 둥글고 고풍인 스케이트를 부착한 흰 장화를 신고서. 그녀는 피겨로 8자를 그리고 있었다. 그리 잘하진 못하는군, 하고 나는 생각했다. 그러나 그녀는 내가 기억하고 있는 그녀보다 훨씬 더 키가 큰 것처럼 보였다 — 나이도 역시 더 들어 보였고. 나는 도대체 그게 그녀인지를 확신할 수조차 없었다. 그녀가 눈을 들어 나를 보았을 때까지. "헬로, 애덤즈 씨." 그녀는 말했다.

그녀는 내게로 미끄러져와서는 멈추기 위해 두 손을 내뻗었다. "넌 줄은 몰랐구나." 나는 그녀에게 말했다. "넌 요전보다 나이가 들어 보이는데." 그녀는 미소했다. 그러고는 몸을 지탱하려고 한쪽 스케이트의 발끝을 얼음 속에 박았다. "오, 그래요." 그녀는 말했다. "아마 절 자세히 보지 않으셨던 게죠."

나는 우리가 서로 웃음을 주고받으며 얼마나 오래 거기 서 있었던가를 알지 못한다. 이윽고 제니는 나에게 팔짱을 끼었다. "오세요." 그녀는 말했다. "저랑 얼음이나 지쳐요."

우리는 서로 팔을 끼고 출발했다. 그러자 우리를 둘러싼 세계는 다시 한번 몽롱하고 비현실적인 것이 되어갔다. 우리 주위를 강물처럼 흐르는 스케이터들, 햇빛에 반짝이는 강철의 작은 불꽃, 강물이 흘러가는 소리, 일순 나타났다 사라지는 형태들 — 우리 자신의 조용하고 부드러운 움직임 — 이 모든 것이 내가 이전에 한 번 느꼈었던 감정…… 꿈속에 있으면서도 여전히 깨어 있는 것 같은 느낌을 내게 돌이켜주는 역할을 했다. 얼마나 이상한 일일까, 하고 나는 생각했다. 나는 내 곁에서 미끄러져가는 날씬한 자태를 내려다봤다. 그녀는 내가 기억하고 있는 것보다 한층 더 키가 큰 것임엔 의심할 여지가 없었다.

"넌 전번에 보았을 때보다 많이 자란 것처럼 보이는데" 하고 나는 말했다.

"저두 알고 있어요." 그녀는 대답했다. 그리고 내가 아무 말 없이 다만 의심스럽게 미소만 짓자 그녀는 심각하게 덧붙였다. "전 서두르고 있어요."

그녀는 내 곁에서 흡사 깃털처럼 가벼워 보였다. 그러나 나는 우리가 얼음을 지칠 때 내 팔 속에 실리는 그녀의 무게를 느낄 수 있었다. 우리가 스윙해 나아갈 때면 그녀의 스커트가 짓는 폭 넓은 물결이 너울대는 걸 볼 수 있었다. 나는 우리가 마치 옛날 책 속에 나오는 모습처럼 보일 거라고 생각했다. "양친께선 안녕하셔?" 내가 물었다. "좋은 시즌을 맞고 계실 테지?"

"네." 그녀는 대답했다. "지금은 보스턴에 계세요."

나는 생각했다 — 그래서 양친은 널 이곳에 줄곧 혼자 놔두었구나. 하지만 널 가는 곳마다 데리고 다니는 것보단 차라리 그편이 더 나을 거야…….

"나는 네 조그만 스케치를 그렸더랬어." 나는 그녀에게 말했다. "그리고 그걸 팔았어. 그것이 내게 행운을 가져왔지 뭐야."

"아이, 좋아." 그녀는 말했다. "그걸 봤으면 좋겠어요."

"언젠가 널 위해서 한 장 그리지." 내가 말했다.

그녀는 내가 그린 스케치에 대해 더 많은 걸 알고 싶어 했다. 나는 그녀에게 매튜스 씨에 대한 얘기를 해주었다. 그리고 그가 내게 그려달라고 부탁한 초상화에 대한 것도. 또한 거스에 대한 얘기며 내가 무어 씨의 바 위에 그리고 있는 그림에 대해서도. 그녀는 그 그림 역시 보고 싶어 했다. 그러나 무엇보다 가장 그녀의 흥미를 끈 것은 매튜스 씨의 초상화였다. "누굴 그리실 거예요?" 그녀는 물었다. 나는 그녀의 음성이 거의 너무나 뜻밖의 어조로 울린다고 생각했다. "모르겠어." 나는 대답했다. "아직 발견하질 못했어."

그녀는 잠시 동안 아무 말도 없이 얼음을 지쳤다. 그러더니 이윽고 "혹시……" 하고 말을 꺼냈다. 그러고는 갑자기 숨도 쉬지 않고 돌진해왔다. "절 그려주시겠어요?"

물론, 하고 나는 생각했다…… 너 아니고 누굴 그리겠니? 홀연 나는 깨달았다. 매튜스 씨가 원하는 그림의 모델은 그녀밖엔 아무도 없다는 것을, 결코 있을 수도 없다는 것을. 다만 그녀가 좀 더 나이를 먹었다면야…….

"모르겠어." 나는 말했다. "아마 그럴 테지."

그녀는 내 팔을 꽉 누르더니 오른쪽으로 거세게 휘몰아갔다. "만세." 그녀는 고함쳤다. "난 그림에 그려지게 됐어. 에밀리가 미치지 않을까 몰라."

"에밀리라니?" 내가 물었다.

"에밀리는 저하고 가장 친한 친구예요." 그녀는 설명했다. "갠 프롬크스 씨에 의해 그려졌어요. 그래서 전 선생님이 절 그려주실 것이라고 말해줬죠. 그랬더니 걘 그런 이름은 들어본 적이 없다고 하잖아요. 그래서 제가 그앨 때려줬더니 그게 싸움이 돼버렸어요."

"그래." 나는 말했다. "하지만 네가 노상 싸운 애는 세실리가 아니었어?" 그녀는 갑자기 먼 데를 보았다. 그리고 나는 그녀의 손이 내 팔 위에서 떨고 있음을 느꼈다. "세실리는 죽었어요." 그녀는 속삭이듯 말했다. "걘 성홍열에 걸렸더랬어요. 지금 제일 친한 친구는 에밀리예요. 전 선생님도 알구 계시리라 생각했죠."

"어떻게 알 수 있었겠니?" 내가 물었다.

그녀는 갑자기 비틀거렸다. "구두가 풀어졌어요." 그녀는 말했다. "멈춰야겠어요."

우리는 기슭으로 미끄러져갔다. 그리고 나는 그녀의 구두끈을 매기 위해 무릎을 꿇었다. 거기 그렇게 무릎을 꿇은 채 나는 그녀를 올려다봤다. 검은 머리에 둘러싸인 발갛게 홍조 띤 어린 애다운 얼굴, 어딘가 다른 시대, 다른 장소, 다른 정황 속에서 길을 잃고 부드럽게 꿈꾸는 갈색 눈동자…… 나는 생각했다. 이 애는 신데렐라 노릇을 하고 있다. 혹은 아마도 백설공주의 행세를 ― 그리도 당당하게 날 자기 앞에 무릎 꿇게 하고서 구두끈을 매게 하고 있는 이 아이는.

우리는 해마다 스케이터들을 위해 세우는 아담한 간이다과점 근처의 기슭까지 왔다. 그래서 나는 제니에게 안으로 들어가

쉬면서 좋다면 뜨거운 초콜릿이라도 한 컵 마시지 않겠느냐고 물었다. 그녀는 긴 한숨과 함께 자신의 꿈에서 깨어났다. 그러더니 온몸을 떨기 시작했다. 그러고 나서 그녀는 기쁨에 넘쳐 손뼉을 쳤다. "오, 그럼요." 그녀는 소리쳤다. "전 핫 초콜릿을 좋아해요."

카운터에 나란히 앉아, 뜨거운 물 주전자가 코 밑에서 김을 뿜어내는 동안 우리는 날씨와 세상 돌아가는 얘기를 했다. 그녀는 내가 매튜스 씨에게 자기의 스케치를 어떻게 팔았는가에 대해 죄다 다시 듣고 싶어 했다. 그리고 내 쪽에선 그녀가 학교에서 어떻게 지내고 있는가를 알고 싶어 했다. "잘 해나가고 있어요." 그녀는 말했다. 하지만 과히 열띤 어조는 아니었다. "전 프랑스어를 배우고 있어요."

"프랑스어라고?" 나는 물었다. 깜짝 놀라서 — 왜냐하면 지난번에 그녀는 막 덧셈을 시작했었기 때문이다. "네." 그녀는 말했다. "전 빛깔 이름도 말할 수 있고 열까지 셀 수도 있어요. 앙(un), 되(deux), 트로와(trois), 꺄뜨르(quatre), 전 프랑스어로 전쟁이란 말도 알아요. 세 라 게르(C'est la guerre)."

나는 그녀가 도대체 뭣에 대해 얘기하고 있는가를 이해할 수가 없었다. "전쟁이라니?" 나는 물었다. "무슨 전쟁 말이야?"

그러나 그녀는 그저 머리를 내저을 뿐이었다. "모르겠어요." 그녀는 말했다. "그저 전쟁이에요."

그러나 다음 순간 그녀는 눈을 둥그렇게 뜨고서 공포를 담은 시선으로 나를 보았다. "저 같은 어린애들을 해치지는 않겠지요?" 그녀는 물었다. "해칠까요?"

"아니." 나는 말했다. "그럴 리가 없어."

그녀는 깊은 숨을 몰아쉬었다. "됐어요." 그녀는 말했다. "전 고통받는 건 싫어요."

그러고서 그녀는 귀여운 코를 다시금 행복스럽게 초콜릿 속에다 담갔다.

나 역시 행복했다. 거기 앉아, 얼음과 축축한 모직물이며 박하 냄새를, 또한 젖은 목재와 가죽 냄새를 맡으며 — 그리고 내 곁엔 초콜릿을 마시고 있는 제니가 있었다. 아마도 거기엔 무언가 이상한 것이 있었다. 그러나 아무려면 어떠랴. 마치 우리가 있는 거기에 함께 속하고 있는 것처럼 모든 게 좋다고 느꼈다면. 우리의 시선이 부딪치면 첫눈으로 우린 서로를 이해했다. 우리는 서로 바라보고 미소를 교환했다. 흡사 둘 다 같은 생각을 품고 있기나 한 듯이.

"참 재미있어요." 그녀는 말했다.

마침내 초콜릿도 다 되었다. 우리는 의자에서 내려와 쿵쿵거리며 문께로 갔다. "이리 와요." 나는 말했다. "아직 한 바퀴 더 돌 시간이 있어." 그녀는 빙판 쪽으로 난 층층대를 내려가면서 내 팔을 잡았다. "전 그만두기가 싫어요." 그녀는 말했다. "우리가 언제 다시 이럴 수 있을지 모르잖아요?"

　우리는 손에 손을 잡고 함께 나아갔다. 그리하여 호수를 크게 한 바퀴 돌았다. 그러고 나니 내가 알함브라에서 일하기 위해 돌아가야 할 시간이 되었다. 나는 우리가 만났던, 바로 두 연못 사이의 다리에서 그녀에게 작별을 고했다. 그러나 나는 떠나기 전에 한 가지 일을 마음속에 다짐해두고 싶었다.

　"제니." 나는 말했다. "말해봐…… 세실리가 언제 죽었지?"

　그녀는 먼 데를 보았다. 내겐 그녀의 시선이 점차 흐려져서 그 아담한 얼굴이 어두워지는 것처럼 보였다.

　"2년 전이에요." 그녀는 말했다.

5

 "이 앤 전적으로 현재에 속해 있지 않은 모습을 하고 있죠" 하고 내가 말했다.
 나는 스케이트복을 입은 제니의 스케치 몇 장을 매튜스 씨에게 보여주고 있었다. 움직이고 있는 아이의 소품들로서 이너 에지*하는 자세나 혹은 마치 달려나가려는 듯이 발가락 끝으로 포즈를 취하고 있는 것 등 — 사실 그것들은 지난해 불루멘탈 콜렉션의 일부로서 코코란에서 전시되었던 것과 같은 스케치들이었다. 스피니 양도 매튜스 씨의 어깨 너머로 그림을 들여다보며 거기 있었다. 그것은 나와 그녀와의 첫 대면이었다. 나는 그녀의

---

* 안쪽 날로 지치는 스케이팅 자세

메마른 음성과 날카롭고 싸늘한 시선이며 소박하게 이야기하는 태도가 마음에 들었다. 그녀 편에서도 내 스케치를 마음에 들어했다. 그림과 화가가 문제가 될 때 스피니 양을 속인다는 것은 있을 수 없는 일이었다. 그녀는 작품에 의해 사람을 판단했고 다른 아무것도 안중에 없었다. 즉 그녀는 그림을 원하거나 아니면 원치 않거나 둘 중의 하나였던 것이다.

매튜스 씨는 팔을 길이대로 뻗쳐 스케치들을 들어올려선 고개를 비스듬히 뒤로 젖히고 코 아래로 그것들을 내려다봤다. "이 소녀는 첫 번 것보단 나이가 더 먹어 보이는군." 그는 말했다. "하지만 대체로 이편이 훨씬 더 맘에 들어. 이 앤 아마 이전엔 약간 어렸었지……."

"그래." 그는 말했다. "이건 나쁘지 않은걸…… 그렇지, 스피니?"

"기껏 그게 당신이 말할 수 있는 전부예요?" 스피니 양은 말했다. "이건 나쁘지 않다고요?"

매튜스 씨는 흡사 새처럼 머리를 한쪽으로 갸우뚱 기울였다. "이 그림에서 내 맘에 드는 점은" 하고 그가 말했다. "속해 있지 않은 모습 — 당신은 그걸 뭐라고 말했지요? — 전적으로 현대에 속해 있지 않은 모습을 당신이 묘하게 붙들어놓은 방법이란 말이오. 여성에겐 뭔가 시대를 초월한 것이 있지 않으면 안 되지요. 남자들에겐 그게 없어요…… 우린 언제나 보다 현재에 유념하고 있거든."

"당신은 현재를 소유할 수 있어요"라고 스피니 양이 말했다. "게다가 당신은 그걸 가지고 무얼 할 수 있다는 것도 알고 있는 거예요."

스피니 양의 태도엔 습관이 돼 있었던지라 매튜스 씨는 개의치 않고 계속했다. "오늘날의 여성들은 어떻게 된 영문인지 모르겠어요." 한숨을 쉬면서 그가 말했다. "제 견해로는 그네들에겐 이전에 가지고 있던 어떤 자질 — 그네들을 모든 시대에 동시에 속하게 만드는 어떤 영구적인 자질이 결핍돼 있다고 봐요. 무언가 영원한 것…… 당신이 레오나르도로부터 서전트에 이르기까지 모든 위대한 그림 속에서 볼 수 있는 것 말입니다. 오래전에 죽은 여인들이 남자들보다 얼마나 더 우리에게 훨씬 리얼하고 살아 있는 것으로 보이는지를 생각하고 한 번이라도 걸음을 멈추어 본 적이 있나요? 남자들은 다 되었지요…… 완료됐단 말입니다. 그들 중 하나도, 아마 홀바인의 몇몇을 제외하고는, 이 세상에서 다시 볼 수 있으리라 기대할 만한 사람은 없지요. 하지만 여성들이라면…… 어느 곳에서든 왜 만날 수 없겠소. 모나리자나 마담 X를……. 거리에서나 어디서도 말이오."

그는 비난하듯이 나를 보았다. "오늘날의 초상화는" 하고 그는 흡사 그것이 모두 내 탓이라도 되는 듯이 말하는 것이었다. "하나같이 감자처럼 굳건히 현재 속에다 뿌리를 박고 있단 말이오."

"당신은 태스커의 신작인 포털리 부인의 초상을 보셨나요?" 하고 스피니 양이 물었다.

매튜스 씨는 손을 입에 물고 엄하게 기침을 했다. "나는 그가 그림 값으로 3천 달러를 받았다는 것을 알고 있지." 그가 말했다.

"1,500달러예요." 스피니 양이 말했다. "그리고 플로리다 행 여비하고요."

"그런 값을 내고는 먹고살 수가 없는걸." 매튜스 씨가 말했다.

반은 선망에서 반은 조소 때문에 내는 내 목쉰 끼륵 소리에 스피니 양은 내게로 돌아서더니 훈계하듯 내 팔 위에 손을 얹었다. "자, 자, 애덤스." 그녀는 말했다. "진정하세요. 당신도 언젠가는 그렇게 받게 될 거예요."

초상화 한 장에 1,500달러라니, 당시로선 그건 내겐 터무니없는 것으로 생각되었다. 나는 태스커는 천재가 아니면 악당임에 틀림없다고 생각했다. 인간이란 나이를 먹어감에 따라 이 같은 일에 대한 생각은 변하는 법이다. 그러나 그것은 나로 하여금 대담한 마음을 먹게 했다. 그리고 — 지금 와서 그걸 돌이켜보건대 — 아마도 다소 무모한 짓이기도 했다.

"좋습니다." 나는 말했다. "그렇다면 내 스케치는 대체 얼마나 나갑니까?"

"스피니." 매튜스 씨는 소곤댔다. "당신은 너무 지나친 말을 했어."

그러나 스피니는 거의 동시에 대답했다.

"이건 거의 아무 가치도 없는 것들이에요."

그것은 나를 묵사발로 만드는 잔혹한 방법이었다. 비록 그런 대우를 받아 마땅했을지도 몰라도. 나는 스케치들을 집어선 걷어치우기 시작했다.

"이봐요, 젊은이!" 매튜스 씨는 불행한 얼굴로 말리기 시작했다……

"그러지 말아요, 자……"

그러나 나는 손을 높이 들어 그걸 가져가겠다는 시늉을 했다. "안녕히 계십시오." 나는 말했다. 그리고 스피니 양에게도 인사했다. "당신을 만나게 되어 대단히 기쁩니다."

그녀는 한순간 까막서리 같은 눈으로 나를 보았다. 나는 그녀가 나를 문간까지 배웅해줄 작정이라고 생각했다. 그러나 갑자기 놀랍게도 그녀의 얼굴은 따스한 장밋빛으로 물들더니 웃음을 터뜨리는 것이었다. "당신이 맘에 들어요, 애덤즈." 그녀는 말했다. 그러고는 내 등을 무서운 힘으로 끌어잡았다. "당신은 자긍심이 있군요. 안 그래요?"

"자…… 다시 내놓으시죠. 잘 보도록 합시다."

그녀는 매튜스 씨보다 훨씬 더 정성 들여 그림들을 보아나갔다. 한 가지 사실은, 그녀는 제니에 대한 흥미는 얼마 안 되고 나의 그림 자체에 보다 흥미를 느끼고 있는 것처럼 보였다. 매튜스 씨는 조마조마한 얼굴로 그녀를 지켜보았다. 그는 그림이 그녀의 마음에 들기를 원했던 것이 그래야만 나에 대한 자기의 감정을 정당화시킬 수 있을 것이기 때문이었다. 그는 손가락으로 테이블을 톡톡 치면서 연신 목청을 가다듬고 있었다.

"이 애가 좀 더 나이 들어 보이는 건 옷 탓일 수도 있지" 하고 그가 말했다.

나는 그렇게 생각하지 않았다. 그러나 나는 내가 생각하는 바를 어떻게 말해야 할지 알지 못했다. 나는 불안을 느끼며 거기 서 있었다. 심장이 약간 빨리 고동치는 걸 느끼며, 스피니 양이 뭐라고 말할 것인지를 궁금해하며. 그녀는 마침내 스케치들을 내려놓고는 맑고 엄한 시선으로 나를 보았다. "좋아요, 애덤즈." 그녀는 말했다. "이 모두에 25달러 드리겠어요."

만약에 내 스케치들이 아무 가치도 없다고 한 그녀의 말을 잊을 수 있었던들 나는 그걸 받았을지도 모른다. 나는 아직도 화가 나 있었고 그녀에게 반항하고 싶었다. 나는 젊었었다. 게다가 나는 화상들에 대해 그리 많이 알지 못했다. "충분치 않은데요." 나는 말했다. 그리고 나는 나갈 채비를 했다.

나는 마음 쓸 것 없어, 누구든 다른 사람에게 팔면 되겠지, 하고 속으로 생각했다. 하지만 나는 마음을 썼다. 그리고 나는 그걸 숨길 줄을 몰랐다. "이보세요, 애덤즈." 그녀는 말했다. "당신은 근사한 분이에요. 하지만 당신은 그림 장사라는 걸 모르시는

제니의 초상

군요. 당신이 그릴 수 있다는 건 알아요. 그러나 우린 수집가가 아니랍니다. 우린 그림을 둘러보며 여생을 즐기기 위해 우리 맘에 딱 드는 그림을 사지는 않는단 말이에요. 만약에 우리가 이 스케치들을 산다면 이 역시 팔지 않으면 안 되는 것이지요. 30달러까지 드릴 수 있어요. 어떠세요?"

"암, 그렇지" 하고 매튜스 씨는 말했다. "어떠시오, 젊은이?"

나는 깊은 숨을 몰아쉬고는 말했다. "50달러."

스피니 양은 천천히 고개를 돌렸다. 나는 그녀가 노했다고 생각했다. 그리고 내가 얼마나 바보였을까, 하고 생각했다. 나는 완고했지만 불행했다. 나는 매튜스 씨를 쳐다봤다. 그러나 그는 스피니 양을 바라보면서 테이블을 두드리고 있었다. 나는 입을 열었다. "좋습니다. 가져가십시오." 그러나 그녀는 내 말이 끝나기를 기다리지 않았다. "집어치워요." 그녀는 말했다. "이 분에게 50달러 드리세요."

매튜스 씨는 구제된 기분으로 기뻐 날뛰었다. "그래야지, 스피니." 그는 소리 질렀다. "그래야 옳지. 나하고 의견이 일치돼서 기쁘군."

그녀는 어깨를 으쓱했다. "저야 한갓 감상자에 불과한걸요, 헨리." 그녀는 말했다. "영원한 것이란 내겐 아무것도 없어요. 당신은 당신 스스로 이걸 팔아야만 할 거예요."

"그럼." 그는 말했다. 그는 스케치들을 집어올려 그걸 쳐다보다 내려놓더니 또다시 집어들었다. "암." 그는 말했다. "물론이지. 나는 이것들을 팔 테야. 안달하지 말아요. 고객을 찾아낼 테니. 당장은 안 되겠지만, 아마……."

그들은 내게 50달러를 줬다. 이제 와선 그것은 중요하지 않은 것처럼 보이지만 그 당시는 그건 큰 돈이었다. 나는 무어의 알함브라에서 식사를 해결하고 있었다. 그래서 그건 내겐 한재산같이 생각되었다. 태스커의 1,500달러와 거의 맞먹을 정도로. 나는 그것이 나 자신의 소유였기 때문에 그처럼 많은 액수로 느껴졌으리라 생각한다. 그것은 현실이었다. 그리고 나는 그걸 쓸 수 있었던 것이다.

내가 떠나기 전에 매튜스 씨는 다시 한번 그를 위해 초상화 한 장을 그려달라고 말했다. 그러나 이번엔 그는 초상화가 제니의 것이기를 바란다는 것을 여러 말로 이야기했다. "이 소녀 속에는 무언가가 있어요." 그는 단언했다. "내게 상기시키는 뭔가가…… 그걸 꼬집어서 말할 수는 없지만 그 비슷한 느낌은 말할 수 있어요. 내가 젊었을 때의 기분과 같다고나 할까요."

그는 변명하듯이 나를 올려다봤다. "혹시 다른 식으로 표현할 수 있을지 모르겠어요." 그는 말했다. "당신이 이해하시리라 생각되진 않는군요."

그러나 나는 이해한다고 생각했다. "그 애에겐 고풍적인 데가 있다는 말씀이시죠?" 내가 물었다.

"아니요." 그는 말했다. "그런 뜻이 아니오. 전혀 달라요."

"하지만 저는 그래요. 그앤 고풍적이라고 생각해요."

스피니 양은 나를 문까지 배웅했다. "안녕히 가세요." 그녀는 말했다. "또 들르세요. 혹시 근사한 꽃 그림을 갖고 계신다면, 2:4 나 2.5:4짜리로……." 그녀는 매튜스 씨를 돌아다봤다. 그러고는 그의 돌아선 등을 보면서 속삭이듯이 낮은 목소리로 말했다. "나는 꽃 그림을 좋아한답니다."

나는 5번가로 갔다. 그곳은 내가 걸어보고 싶었던 거리였기 때문이다. 처음으로 나는 그것이 나의 세계, 나의 도시라고 느꼈다. 그것이 내게 속해 있음을, 나의 청춘과 나의 희망에 속해 있음을. 입 속엔 환희의 맛이 있었다. 그리고 나의 가슴은 기쁨에 가득 차 흡사 돛처럼 부풀어올라 나를 실어갔다. 바람을 맞는 높은 벽들이 머리 위에 있었으며 넓고 번쩍이는 쇼윈도가 가지각색으로 뒤섞여 내 앞에 펼쳐졌다. 여인들의 밝고 건강한 얼굴이, 그리고 이 모든 것 위에는 태양이 ― 태양과 바람이.

나는 제니의 노래를 생각했다. 그리고 그때 그녀가 어디에 살고 있는가, 혹은 그녀를 어떻게 찾을 수 있는가조차 알지 못한다는 것에 생각이 미쳤다. 그러자 모든 것으로부터 빛이 사라져버렸다.

6

 "그럼, 자네가 원하는 건" 하고 거스는 말했다. "제니라는 이름의 소녀를 날보고 찾아달라는 거로군. 자넨 그 처녀가 어디 사는지도 모르고, 그녀에 대해선 아무것도 모른단 말이지. 그래, 자넨 훌륭한 출발이라고 부를 만한 일을 내게 시키는군그래."

 "그녀의 양친은 마술사예요." 내가 말했다. "줄타기를 한대나 봐요."

 "그렇담 일은 훨씬 수월해지는군." 그는 말했다. "순회공연을 한대?"

 그것은 알지 못했다. 나는 그들의 이름이 에플턴이라고 말해 줬다.

 "에플턴" 하고 그는 웅얼거렸다. "에플턴이라고." 그는 잠시

제니의 초상 59

생각에 잠겼다. "그런 이름으로 불렸던 마을이 전에 있긴 했지." 그는 단언했다. "옛날 햄머슈타인에 말일세."

"맞았어요." 나는 신이 나서 말했다. "바로 그곳에 있었어요."

거스는 기묘한 표정으로 나를 보았다. "그렇다면 맥." 그는 말했다. "지금쯤 그들은 양로원에 들어가 있을 걸세. 이건 필시 딴 사람일 테지."

"자넨 이 처녀를 확실히 봤단 말이지?"

"그럼요." 나는 말했다. "그녀의 스케치를 몇 장 그렸다니까요."

그는 의심스럽게 머리를 저었다. "그건 대수로운 일이 아냐." 그는 말했다. "난 자네가 그녀를 만들어냈을지도 모른다고 생각하고 있었거든."

"아니에요." 나는 말했다. "꾸며낸 게 아니에요."

우리는 모퉁이에 세워진 그의 자동차 앞에 서 있었다. 회색의 습기 찬 아침 대기 속에. 눈이 올 것 같은 날씨였다. 바람이 지나간 뒤에 나는 그걸 맡을 수 있었다. 그리고 나는 약간 떨었다. 그러나 거스는 두 벌을 겹쳐 껴입은 다 낡은 스웨터 덕분인지 그걸 느끼지 못하는 것 같았다. 그는 더위에 익숙한 것처럼 추위에도 잘 견뎠다. 그는 내게 트루로의 어떤 늙은 어부를 생각나게 했다. 세세연년의 날씨에 매 맞고 바다로 인해 새까매지고 강직해진 그를. 그러나 거스에겐 뚜렷한 소금 냄새는 없었다. 그의 조수와 수로는 거리였고, 그의 얼굴은 도시의 얼굴이었다. 창백하고, 쉬이 노하고 쉬이 기뻐하며, 기민하고 교활한데다 자신만만한 얼굴. 거기엔 대양의 유유한 명상은 없었다. 참을성 있는 바다와 같은 사상은 아무것도…….

"자네가 원한다면 찾아다녀보기로 함세." 그는 말했다. "아는 사람들에게 물어보지. 하지만 여보게, 맥." 그의 음성은 낮고 절박한 어조로 잦아들었다. "경찰과 어떤 말썽도 일으키긴 말게. 그렇게 어린 처녀니까 말일세……."

"나 자신도 말썽에 끼어드는 건 딱 질색이니까." 그는 뒤미처 생각난 듯이 덧붙였다.

"내가 원하는 전부는" 하고 내가 말했다. "그 애의 그림을 그리는 거예요."

그러고 나서 그게 모두라고 생각했다. 나는 그것이 내가 바라는 전부라고 맹세라도 할 지경이었다.

화실로 다시 돌아와 나는 일하려고 해보았다. 나는 스케이터들이 있는 호수의 그림을 기억과 약간의 스케치로부터 취재해서 상당한 크기의 캔버스 위에 그리고 있었으나 계속 해나간다는 건 힘드는 일이었다. 나의 혼은 그 속에 있지 않았다. 내 마음은 이내 열두 갈래 방향으로 날아갔다. 나는 스피니 양을 위한 꽃그림에 착수해야 할 것인가 아닐 것인가를 생각하고, 거스가 과연 에플턴 가에 관한 것을 뭣이나 찾아낼 수 있을 것인가를 궁금해하는가 하면 알함브라에 대하여, 그곳 바 위의 내 그림에 대하여 줄곧 생각하고 있었다. 거기엔 손질을 해야 할 부분이 아직도 많이 있었다. 나는 심란하고 불안했다. 나의 붓은 불확실하고 게다가 채광은 빈약했다. 점심때가 되어 일을 치워버릴 수 있었을 때 나는 기뻤다. 그리고 나는 외출했다.

내가 레스토랑에 도착했을 때 거스는 그곳에 없었다. 나는 혼자서 식사를 하고 나서 바 뒤의 사닥다리 위로 올라가 일에 착수했다. 그는 내가 한 시간 정도 일하고 난 뒤에 왔다. 그리고 나를 지켜볼 수 있는 테이블에 자리를 잡고 앉았다. 나는 근심스럽게 그를 내려다봤지만 그는 머리를 저었다.

"틀렸어, 맥." 그는 말했다. "미안허이."

"전혀 아무것도 찾아내지 못했나요?" 내가 물었다. 그는 기묘한 안색으로 나를 돌아봤다. "내가 생각했던 것처럼 줄타기를 한 에플턴 일가가 있기는 했어. 1924년으로 거슬러올라가지만" 하고 그는 말했다. "그들은 사고를 당했다네. 어느 날 타고 있던 줄이 끊어졌던 모양일세. 1922년의 일이라네."

우리는 한동안 서로를 빤히 쳐다봤다. 그러자 웨이터가 맥주를 날라왔다. 거스는 단숨에 쭉 들이켰다. 그러고는 몸을 뒤로 젖히며 티를 내는 태도로 내 그림을 올려다봤다. "거참, 근사하게 돼가는걸" 하고 그는 말했다.

나는 바로 그 "공원"의 호수와 흡사하지 않은 바도 아닌, 호숫가의 피크닉을 그렸었다. 그리고 거기 물가의 나무 아래는 나의 여인들이 모여 앉아 서로 집적거리고 한담을 즐기고 있었다. 그네들은 천진난만한 자태였는데, 나는 거스가 그녀들이 남자들과 함께 어울릴 수 있으리라고 생각한다는 걸 알았다. 그 정도로 그는 현실주의자였다. 그러나 그는 극단에까지 이르지는 않았다. 그가 그림에 대해 요구하는 것은 단순히 이랬다 — 즉 그가 이미 알고 있는 것을 가장 뚜렷한 힘으로 그에게 상기시켜줘야 하며 한 걸음 더 나아가 그와 더불어 보다 낫고 보다 행복한 세계에의 암시를 줘야 한다는 것.

"그래요, 선생." 그는 선언했다. "저런 걸 보느라면 나는 허송세월했다는 생각이 든단 말이야."

갑자기 그는 의자 위에 일어나 앉더니 물가에서 얼굴을 반쯤 돌린 채 옆으로 누워 있는 젊은 여인의 모습을 손가락질했다. "저 여잔 대체 어찌된 거야?" 그는 힐문했다. "내겐 그녀가 그리 좋게 보이지 않는데."

"왜요?" 나는 올려다보지도 않고 무관심하게 물었다. "그녀가 대체 어쨌길래요?"

"익사한 것처럼 보인단 말일세" 하고 거스가 말했다.

나는 황급히 그림 쪽으로 시선을 돌렸다. "무슨 뜻이죠?"

나는 말했다. 그러나 내가 말하고 있을 때 이미 나는 그가 의미하는 바를 알았다. 내가 그녀를 나무 아래에 둔 수법엔 그녀의 얼굴을 어둠침침하게, 또한 잎그늘로 인해 녹색으로 보이게 만드는 어떤 점이 있었던 것이다. 그녀의 검은 머리는 젖어 있는 것 같은 인상을 주었으며 그녀의 전신이 물로 그늘져 있는 듯이 보였다……. 나는 그걸 보았을 때 형용할 수 없는 고통을 느꼈다. 그리고 나는 그걸 나 자신의 기술 부족에서 오는 노여움 탓이려니 했다. 나는 황갈색을 쓰려고 황황히 생(生) 엄버(umber, 갈색 안료용 흙)의 튜브에 손을 뻗쳤다.

그러나 내가 그녀를 햇빛 속으로 내보내고 난 뒤에도 나는 왜 그런지 설명할 수 없는 우울에 빠졌다. 그것은 내가 마음속에서 제니가 그렇게 되리라고 비밀히 상상하고 있던, 반은 보이고 반은 숨겨진 자태였다 — 또한 그녀는 어느 날엔가는 그렇게 될 것이었다. 그리고 나는 화필과 마음이 그렇게도 서로 어긋난 것을 생각하니 견딜 수가 없었다.

그러나 무어 씨는 그림에 대단히 만족했다. 그는 내가 앉아 있는 사다리까지 와서 날 올려다보며 말했다. "아이고 어쩌면, 저게 바로 내가 원했던 거야. 그럼요, 선생, 저건 바로 내가 마음속에 품고 있던 그대롭니다. 눈요기가 되면서도 거슬리진 않거든요. 생각중이었습니다만 출입구 위에도 자리를 봐두었답니다. 거기에도 뭔가 적당한 것을 그릴 수 있을 것 같군요."

"대체 어쩔 셈이오?" 거스가 말했다. "미술관이라도 만들고 싶소?"

"나는 이곳을 근사하게 만들고 싶어요." 무어 씨가 말했다.

"그림은 손님들을 위해 가게를 환하게 만들어주거든요."

"좋아." 거스가 말했다. "그에게 나와 내 차를 그리라고 말하시오. 그건 당신에게도 좋고 나를 위해서도 좋을 테니까. 다만 근사하게 보이도록만 하게." 그는 덧붙였다. "나를 물에 빠뜨리진 말게나."

내가 집으로 돌아갈 때는 첫눈이 내리고 있었다. 북동풍을 타고 회색의 허공에서 얽히고설키면서 자그마한 눈송이들이 천천히 내려앉았다. 도시 전체는 내가 걸어감에 따라 나를 짓누르는 듯이 보이는 무거운 하늘 아래서 회색에 잠겨 있었다. 나는 케이프를 생각했다. 그곳엔 이 같은 눈보라가 틀림없이 이미 사구(砂丘)를 넘어 윙윙거리고 있으리라는 것을 — 해상으로부터 그 축축한 눈을 분지 속에 서로 밀쳐내듯 비비고 들어앉은 초라한 집들 위로 몰아보내며, 포말이 하일랜드의 낭떠러지 밑에서 부글거리고, 포효하는 파도 소리는 흡사 언덕 위로 으르렁거리며 굴러가는 기차의 굉음처럼 긴 계곡과 모든 외딴 곳 구석구석을 가득 채우고 있으리라 — 새까맣고 공허한 주름진 대양으로부터, 래브라도로부터, 겨울과 밤으로 어두운 그린랜드의 바다로부터 남으로 몰아가는 폭풍과 눈. 우리가 가진 것이란 얼마나 하잘것없는 것일까, 하고 나는 생각했다. 우리와 그리고 우리를 기다리고 있는 추위와 신비와 죽음과의 사이에서 — 가느다란 해변, 언덕, 나무나 돌로 된 얼마 안 되는 벽, 변변찮은 불 — 그리고 다시 솟아올라 우리를 따스하게 해주는 내일의 태양, 평화와 보다 나은 날씨를 기약하는 내일의 희망……. 만약에 내일이란 게 폭풍 속에 사라져버린다면 어떻게 될까? 만약에 시간이 정지한다면? 그리고 어제란? 만약에 폭풍 속에 잘못되어 일단 우리가 길을 잃어버린다면 — 우리는 우리 앞에, 우리가 내일의 태양이 솟아날 것이라 생각했던 곳에서 또다시 어제를 찾아낼 것인가?

나는 문지방에서 어깨 위의 눈을 털어내고 집 안으로 들어갔다. 나 자신처럼 춥고 음울한 홀에 서 있으려니 지크스 부인이 자기 방에서 나와선 의혹과 분노와 이상한 흥분이 담긴 시선으로 나를 보았다. 그녀가 나를 기다리고 있었음은 명백했다. "어유, 돌아오셨군요." 그녀는 말했다.

그리고 그녀는 유덕한 사람인 양 앞으로 두 손을 모아쥐었다. 나는 말없이 그녀를 마주 보았다. 방세는 지불돼 있었겠다, 나는 하등 걱정해야 할 일이 있을 리 없었다. 그녀는 나를 좋아하지 않았으며 나에 대한 어떤 나쁜 뉴스라도 있으면 기뻐한다는 것쯤은 나도 알고 있었다. 그러나 다음에 그녀가 한 말은 내가 전혀 예상하지 않은 것이었다.

"손님이 왔어요." 그녀는 말했다. "젊은 숙녀라구요."

그리고 단지 내가 멍하니 벌린 입으로 그녀를 바라보고만 있으려니 그녀는 냉혹하게 덧붙이는 것이었다.

"하는 짓이 제법이구료."

경멸하는 코웃음을 치더니 그녀는 다시 자기방으로 돌아가려고 등을 돌렸다. "젊은 숙녀가 이층에서 기다리고 있다니까요" 하고 말하고 나서 그녀는 문을 닫아버렸다. 마치 "나는 그 일엔 완전히 손을 떼겠어요"라고 말하려고나 하는 것처럼.

나는 당황하고 걱정하며 천천히 층계를 올라갔다. 심장이 빠르게 고동치고 있었다. 내겐 친구가 없었으니 올 만한 사람은 아무도 없었다. 누군가가 나를 기다리고 있으리란 것은 불가능한 것처럼 보였다.

그러나 나는 틀렸었다. 나는 미처 방문을 열기도 전에 그걸 깨달았다. 어떤 내적인 감각이 내게 말해줬던 것이다.

그것은 제니였다. 그녀는 이젤 곁의 낡은 의자 위에 새침한 얼굴로 꼿꼿이 앉아 있었다. 자그마한 토시를 낀 두 손으로 무릎을 감싼 채, 발가락이 마룻바닥에 닿을까말까한 자세로 머리 위엔 귀여운 과자와도 같은 둥근 모피 보닛을 얹고서. 나는 천천히 방으로 들어가 그녀를 바라보며 한순간 문 곁에 기대었다. 나는 행복으로 거의 아찔해지는 기분이었다.

"당신이 제가 오기를 바라고 계시리란 생각이 들겠지요, 이벤" 하고 그녀는 말했다.

7

내가 브러시를 치우고 차를 끓일 무엇인가를 찾고 있는 동안 그녀는 커다란 의자에 잠자코 앉아 있었다. 그녀의 시선은 천천히 움직이며 방 안의 모든 물건 위로 서성대었다. 낡아빠진 가구, 먼지투성이의 벽, 마루 위에 쌓아 올린 캔버스, 옷과 스케치며, 화구, 깡통 그리고 부서진 상자 나부랑이 등 온갖 잡동사니로 터져나갈 것 같은 벽장, 또한 다 해어진 담요를 깔아놓은 난잡한 침대 ― 이 모든 걸 나는 그녀가 오기 전에는 별로 주의해서 볼 생각도 없었거니와 눈치채지조차 못했던 것이다. 그러나 이제 나는 이 모든 걸 보았고 그녀와 마찬가지로 처음으로 그것들에 눈이 갔다. 그녀의 눈은 커다랗게 열리고 그녀는 긴 숨을 몰아쉬었다.

"화실에 와보는 건 생전 처음이에요." 그녀는 말했다. "아담한 방이네요."

주석 주전자엔 아침에 남겨둔 물이 아직 얼마쯤 남아 있었다. 그래서 나는 주전자가 놓인 가스 풍로에다 불을 붙이고선 크래커 상자를 찾으려고 벽장으로 갔다. "참 끔찍한 곳이지, 제니." 내가 말했다. "무척 더럽지." "그래요." 그녀는 동의했다. "지저분하군요. 그렇게 말하려고 한 건 아닌데……. 하지만 당신이 먼저 얘기하니까 그런 것 같네요……."

그녀는 일어섰다. 그리고 보닛을 벗어 코트와 토시와 함께 아주 깔끔하게 의자 위에다 놓았다. "행주치마를 갖고 있진 않으실 테죠?" 그녀는 물었다. "먼지떨이 같은 거 뭐 없나요?"

나는 아연실색해서 그녀를 보았다. "설마 소제를 할 셈은 아니겠지?" 나는 소리쳤다.

"그럴 참예요." 그녀는 말했다. "물이 끓을 동안……."

내가 찾아낼 수 있었던 건 한 장의 타월과 깨끗한 손수건이 전부였다. 그녀는 케이프 사람들이 하는 식으로 손수건을 머리에 쓰더니 그걸 턱 밑에서 묶었다. 그리고는 결연한 태도로 타월을 손에 쥐었다. 그런 다음 날씬한 다리를 넓게 뻗친 채 버티고 서선 흡사 전쟁에 임하는 장군인 양 한 번 더 주위를 둘러봤다. 그녀는 고개를 떨구었다. "이를 어쩌나!" 그녀는 소리쳤다. "도대체 어디서부터 시작해야 할지를 모르겠군요."

나는 크래커를 찾아냈다. 그리고 차에 넣을 설탕 몇 덩어리도. 그래서 나는 대야 속에 담가놓은 채로 있는 컵을 씻으려고 홀로 내려갔다. 가면서 나는 무엇이 보이나 해서 난간 너머로 자세히 살펴봤다. 아니나 다를까 거기엔 지크스 부인이 아래쪽 홀에 꼼짝 않고 서서 전심전력으로 귀를 기울이고 있었다. 나는 대체 그녀가 듣기를 기대하는 것이 무엇일까 하고 궁금했다. 그래서 나는 그녀에게 내가 하고 있는 것을 보여주기 위해 째지는 듯한 휘파람을 불어제쳤다. 그녀는 올려다보더니 화닥닥 놀라 허둥지둥 자기방으로 되돌아갔다.

화실로 돌아오니 제니는 먼지털이 타월을 곁에 둔 채 마루 위에 앉아 있고 내가 그린 도시의 스케치들이 그녀 주위에 널려 있었다. 내가 들어가자 그녀는 상긋 웃으며 나를 올려다봤다. 턱을 가로질러 검은 얼룩이 묻어 있고 또 한 군데 손목과 팔꿈치 사이에도 얼룩을 묻힌 채. "이걸 보고 있었어요." 그녀는 말했다. "괜찮죠?"

나는 물론 괜찮다고 말해줬다. 나는 괘념하지 않았다.

"아름답군요." 그녀는 말했다. "당신은 매우 훌륭한 화가이신가 봐요. 단지 이 중의 몇 장은……." 그녀는 자그마한 캔버스 한 장을 밝은 데로 치켜들었다……. "그려진 장소가 어딘지 모르겠어요. 이런 곳 전 본 적이 없는데요."

나는 마룻바닥에 앉아 있는 그녀의 어깨 너머로 흘깃 시선을 주었다. 그녀는 내가 래디오 시티의 고층건물들을 템페라 화법으로 그린 소품을 보고 있었다. "그래." 나는 말했다. "글쎄…… 이건 새로 생긴 것들이지, 아마. 들어선 지 얼마 안 될 거야."

"그럴 거예요, 아마." 그녀는 동의했다. 그녀는 그림을 손에 쥐고 창 쪽으로 오후의 마지막 회색빛 쪽으로 내뻗친 채 오랫동안 들여다봤다.

"이상해요." 마침내 그녀는 말문을 열었다. "때때로 당신은 한 번도 본 적이 없는 것에 대해서까지 알고 계신다는 것이에요. 흡사 언젠가 한 번은 보러 갈 작정이었던 것처럼, 그리고 그걸 보러 갈 예정이었기 때문에 그것들이 어떻게 생겼는가를 기억할 수 있었다는 듯이 말예요……. 제대로 말했는지 모르겠네요, 어떠세요?"

"모르겠는데." 나는 대답했다. "뒤범벅된 말이라서 말야."

"저도 그렇게 생각해요." 그녀는 말했다. "그러리라 싶어요. 당신이 본 적도 없는 걸 기억할 수는 없겠죠."

그녀는 무릎 위에다 그림을 놓아둔 채 앞을 빤히 바라보고 앉아 있었다. 이제 방 안은 거의 어두웠고 바깥에선 눈이 더욱 심하게 내려 창에다 회색의 빛을 드리워 모든 것이 그늘 속에 잠겨 있었다. 그녀는 그늘 그 자체를 꿰뚫고 어딘지 다른 곳, 멀고 낯선 어디엔가를 응시하고 있는 것처럼 보였다. 왜냐하면 그녀의 가슴은 크게 파도치고 입술은 벌어진 채 긴 한숨이 거기로부터 새어나왔기 때문이다. 갑작스런 바람에 휘몰린 눈이 유리창 틀 위에 부드러운 후두둑 소리를 내었다. 그리고 강의 어디엔가에선 한 척의 배가 뚜우 하고 구슬프게 기적을 울렸다. 그녀는 불안스레 몸을 움찔했다. 그녀의 손이 기어오르듯 더듬어 내 손을 만졌다. "안 돼요." 그녀는 속삭이듯 말했다. "당신도 어쩔 도리가 없을 거예요."

나는 일어나 불을 켰다. 그러자 살풍경하게 어질러진 방이 어둠 속으로부터 우리 앞에 솟아올랐다. 가혹하고 현실적인, 움직이지 않는 빛의 입방체 속에 현재를 담고 있는 네모난 더러운 벽이. 제니는 부르짖음 비슷한 소리를 내고 뛰쳐 일어났다. "무슨 망령이람." 그녀는 말했다. "여태 총채질 한 번 변변히 하지 못했나 봐요."

"괜찮아." 나는 말했다. "물이 끓고 있어. 차나 마시자구."

그리고 나서 그녀는 사뭇 쾌활해져 마룻바닥에 발가락이 닿을락말락하는 자세로 다시 의자에 앉아 녹슨 주전자로 물을 따르고, 크래커를 건네주기도 하며 행복스럽게 오만가지 일들을 줄곧 지껄였다. 나는 스피니 양에 대한 것을 모조리 이야기해줘야만 했다. 그녀가 얼마나 냉혹한 마음을 지녔으며 꽃 그림을 좋아한다는 것과 또한 우리가 스케치 때문에 언쟁을 해서 내가 승리했다는 것 따위를. 그랬더니 그녀는 흥분해서 손뼉을 쳤다. "오오, 이벤." 그녀는 소리 질렀다. "당신은 근사한 분이세요." 그녀는 거스와 그의 승합자동차에 대해서 듣고 싶어 했다. 자기 소유의 자동차를 갖고 있으니 그는 대단히 부자임에 틀림없다고 그녀는 생각했다. "언젠가 절 그 차에 태워줄까요?" 그녀는 물었다. "전 아직 한 번도 택시를 타본 적이 없어요."

"하지만 어느 땐가 공원에서 어머니와 함께 이륜마차를 한 번 타 본 적은 있어요. 마부가 꼭대기에 앉아 실크 헷을 쓰고 있겠죠."

그녀는 친구 에밀리가 기숙학교로 가기 위해 멀리 떠날 예정이라는 이야기를 했다. "아마 저도 그 애랑 함께 갈지도 몰라요" 하고 그녀는 말했다. "실은 세인트 마리라는 수도원이에요. 하지만 가톨릭은 아니구요. 언덕 위에 서 있는 수도원인데 그곳에선 강이 내려다 보인대요. 에밀리가 그러는데 생도들은 매년 부활제마다 외출해서 돼지들을 축복해준다나요. 전 별로 가고 싶진 않지만 어머니가 가야만 한다고 말씀하시니까, 게다가 어쨌든 에밀리가 간다면……. 당신이 그리울 거예요, 이벤."

"나 역시 네가 그리울 거야, 제니." 내가 말했다. "가기 전에 날 위해 모델이 돼주겠어?"

"저도 그렇게 얘기해주셨으면 하고 있었어요" 하고 그녀가 대답했다. "기꺼이 돼드릴게요."

"그럼, 내일 와주겠니?"

그러나 그녀는 시선을 돌렸다. 그녀의 얼굴엔 당황하는 기색이 떠올랐다. "모르겠어요." 그녀는 말했다. "올 수 있을지 모르겠군요."

"모레는?"

그녀는 고개를 흔들었다. "될 수 있는 대로 빨리 올게요" 하고 그녀는 대답했다. 그리고 이것이 그녀가 말한 전부였다.

나는 그녀에게 태스커의 포털리 부인의 초상에 대한 얘기를 해주었다. 또한 그가 그림에 대한 값으로 받은 거액의 돈 — 내게는 그렇게 생각되었으니까 — 에 관해서도. 그녀의 얼굴은 환하게 빛나더니 귀여운 웃음소리를 냈다. "당신도 그렇게 부자가 되었으면 좋겠죠?" 그녀는 물었다. "절 잊어버리심 안 돼요."

"널 잊다니?" 나는 믿을 수 없는 어조로 소리쳤다.

"아, 그건요." 그녀는 말했다. "당신이 부자가 되고 유명해졌을 때 말이에요."

"하지만 당신은 그러실 것 같진 않군요." 그녀는 만족스럽게 덧붙였다. "왜냐하면 저 역시 부자가 되고 유명해질지도 모르니까요. 우린 다 같이 그렇게 될 수 있을 거예요."

나는 말했다. "나는 부자가 되는 것엔 별로 괘념치 않는단다, 제니. 난 오직 그리고 싶을 따름이야…… 그리고 내가 그리고 있는 대상을 알고 싶은 거지. 그건 그리도 힘드는 일이야…… 자기가 그리고 있는 대상을 안다는 것이. 이 하찮은, 뼈에 사무치는 시기를 넘어서 어떤 것에 도달한다는 것이……."

"지금이 비통한 시기예요, 이벤?" 그녀는 놀라움에 찬 어조로 물었다.

나는 그녀를 지그시 쳐다보며 생각했다. 물론 그녀가 어떻게 이 사무치는 고통을 알 수 있으랴. 예술가에 대해 그녀가 도대체 어찌 알 수 있단 말인가? 자기 자신을 위해서도 동시대의 사람을 위해서도 어떻게든 알아내지 않으면 안 되는 해답을 찾아 신비에 쫓기는 예술가의 고뇌를. 선과 악, 꽃과 부패의 신비를 — 그것은 너무나 늦게, 항상 너무나 늦어지고 나서야 어느 쪽이 곰팡이고 어느 쪽이 꽃인가를 터득하게 되는 세계의 신비인 것을······.

그녀는 내 얼굴을 지켜보고 있었다. 그러더니 이윽고 크래커 상자를 내게로 내밀었다. "여기 있어요." 그녀는 말했다. "하나 잡숴보세요. 그러면 기분이 한결 나아질 거예요." 나는 나 자신이, 또한 우리 둘이 다 우스워져서 웃음을 터뜨렸다. 그녀도 따라 웃었다.

그러나 곧 그녀는 다시 진지하게 되었다. "이젠 더 이상 슬프지 않으시죠, 이벤?" 그녀는 물었다. "그렇다는 건······ 처음 봤을 때 당신은 무척 슬퍼 보였기에 말이에요."

"그래." 나는 말했다. "이젠 괜찮아. 널 만난 그날 밤 나는 몸서리를 쳤더랬어. 마치 내가 다 된 사람인 것처럼 느껴졌거든······."

그녀는 의자 속에서 움츠러들더니 마치 내가 자기를 때리려고나 했던 것처럼 두 손을 치켜들었다. "안 돼요." 그녀는 외쳤다. "오, 안 돼요 — 절대로 그렇게 말하심 안 돼요, 두 번 다시 그런 말은 하지 마세요. 게다가 당신은 못쓰게 되진 않으셨어요 — 당신은 여기 계셨고 이곳은 몹쓸 곳은 아니에요. 그럴 리가 없어요. 전 그런 건 견딜 수가 없어요."

그녀는 거의 애처롭게 내게로 향해 덧붙이는 것이었다. "우린 둘 다 못쓰게 될 순 없어요."

그것은 오직 한순간의 일이었다. 그리고 곧 사라져버렸다. — 그리고 우리는 원상으로 돌아왔다. 내 방, 노랗게 빛나는 사면 벽 속에. 바깥엔 회색의 눈이 내리고 내 그림들이 마루 위 내 둘레에 널려 있고 — 내가 알고 있는 세계, 내가 날마다 내 주변에서 보는 현실의 세계.

"그래." 나는 말했다. "난 못쓰게 된 건 아니야. 어째서 내가 그렇게 돼야만 해?"

"대체 무슨 어리석은 소리람."

그녀는 일종의 절망적인 표정으로 내게 미소했다. "그래요." 그녀는 말했다. "어리석은 짓이죠. 다시는 이런 얘긴 하지 않기로 해요."

"왜냐하면" 하고 나는 말했다. "너처럼 어린 소녀들과는……."

"그럼요." 그녀는 엄숙하게 동의했다. "저와 같은 어린 소녀들과는." 그녀는 일어났다. 그러고는 찻잔과 티 포트를 내게 넘겨

주었다. "여기 있어요." 그녀는 말했다. "가서 씻으세요. 잊기 전에요."

"알았어." 나는 말했다. "기다리고 있어. 곧 돌아올 테니."

"그러죠." 그녀는 말했다. "기다릴게요."

나는 홀로 내려갔다. 계단은 깜깜했다. 지크스 부인의 거실 문은 굳게 잠겨 있었다. 지붕의 채광창 위로 눈이 떨어져내리는 소리를 들을 수 있었다. 나는 컵을 씻기가 무섭게 서둘러 방으로 돌아왔다. "제니." 나는 불러보았다.

그러나 그녀는 가고 없었다. 방은 텅 비어 있었다. 그녀가 나가는 소리를 나는 듣지 못했다. 홀 문이 닫히는 소리도 못 들었다. 그러나 그녀는 가버렸던 것이다.

그녀가 어디에 살고 있는가를 물어보지조차 않았다는 사실에 생각이 미친 것은 훨씬 뒤의 일이었다.

8

 눈보라가 지나간 뒤 거리는 한동안 번쩍거렸다. 그러더니 눈은 단단한 흰 산더미로 쌓여지고 트럭에 실려 강으로 운반되어 자취를 감춰버렸다. 하루 종일 공기는 겨울의 기동 소리에 가득 차 있었다. 어린이가 어릴 적부터 기억하고 있는 소리 — 삽의 나무손잡이가 얼음에 부딪치는 소리와 곡괭이의 쨍그랑 소리며 자동차가 구슬픈 신음소리를 내며 굴러가는 소리, 그리고 눈 위를 스쳐가는 쇠사슬의 가녀린 음악 소리. 나는 빠르고 단조롭게 흘러가는 강의 스케치와 아이들이 썰매를 지치고 있는 공원의 유화를 한 장씩 그렸다. 그러나 대개는 아무것도 하지 않고 그저 거리를 서성대며 마음이 즐겨 내키는 대로 흘러가게 내버려두는 것으로 만족하고 있었다. 내가 그리고 싶은 제니의 초상화에 대해 나는 줄곧 생각하며 언제 다시 그녀와 만날 수 있을까 하는 의문에 사로잡혀 있었다. 나는 그녀를 더 이상 어린아이로 생각지 않았다. 그녀는 어떤 특정한 연령을 지니지 않은 시기에 있는 것처럼 느껴졌다. 혹은 어린아이이면서 젊은 부인이거나 또는 젊은 부인이면서 여전히 어린아이라고 말하기도 불가능한 연령의 중간에 위치한 것처럼 보였던 것이다. 그녀를 둘러싼 신비로부터 내 마음은 멈칫거리고 내 생각은 외면했다. 이 세상에서 그녀가 실제로 속해 있는 곳이 어디든 간에 어떤 면에서, 그리고 어떤 이유 때문에 그녀는 나와 어울려 있다고 믿는 것으로 내겐 충분했다.

설사 내가 알았다손 쳐도 어떤 것도 달라질 수는 없었으리라 ― 이제 나는 그걸 알 수가 있다. 그것은 나의 수중에는 없었다. 무엇 하나 내 손 안에는 없었다. 나는 때 이르게 봄을 보다 가까이 불러올 수도 없었고 겨울이 내 뒤로 물러가는 걸 붙들어둘 수도 없었던 것이다.

때때로 늦여름이나 초가을 철엔 다른 모든 날보다도 가장 매혹적인 날이 있다. 기후가 너무나 순수해서 마음은 황홀경에 빠져 일종의 꿈속에 넋을 잃은 채 시간과 변화를 초월한 마법에 사로잡히게 되는 그러한 날. 땅도 하늘도 바다도 한결같이 가장 깊은 푸른빛을 띤 채 고요하고 바람도 없고 반짝거린다. 그러면 시선은 정지된 허공을 넘어 흡사 새처럼 먼 곳을 헤매는 것이다. 모든 것이 고정되고 선명하며 결코 끝장도 없고 영원히 변화하지 않을 듯한 상태. 그러나 저녁이 되면 안개가 피어올라 바다로부턴 회색의 경고가 닥쳐오는 것이다.

트루로에선 이러한 날씨를 기후 재배가라 부른다. 그러한 날씨가 나와 더불어 있었다. 내겐 온 세계가 순결하고 평화로운 빛 속에 목욕하고 있는 것처럼 보였다. 죽음은 사로잡혀 있고 악은 아득히 먼 데 있었다. 인간의 외침과 광증이며 고뇌는 잠잠해지고 고요 속에서 마치 까마득한 파도소리인 양 나는 그보다 더욱 먼 데서 울려오는 소리를 들었다. 왜냐하면 죽음의 답답한 지평선 저 너머엔 무언가 다른 것이 있는 것이니까. 악을 초월한, 손상되지 않고 흐트러지지 않은 채 동떨어져 있는 어떤 신령(神靈)이.

그리 오래전이 아닌 옛날에 사람들은 지구가 평평하다고 생각했다. 그리고 땅과 하늘이 만나는 곳이 세계의 끝이라고 여겼다. 그러나 마침내 그들이 그 무서운 곳을 향해 항해를 했을 때 그들은 그곳을 곧장 통과해서 결국 자기들이 출발했던 장소에 되돌아온 자신들을 발견했던 것이다. 그 일은 그들에게 오직 지구가 둥글다는 사실만을 가르쳐줬을 따름이다.

그것이 보다 많은 것을 그들에게 가르쳐줬을 법도 하건만.

이 짧고 행복한 계절은 프로빈스타운으로부터 친구인 아르네 쿤스틀러가 방문해옴으로써 나를 한층 더 행복하게 해주었다. 그는 어느 날 아침 양가죽 재킷을 입고 커다랗고 붉은 얼굴에 1880년대의 화가와 같은 수염을 기른 모습으로 도착했다. 그러나 이 유사성은 수염에서 그친 셈이었다. 그 밖엔 1880년대의 기풍이란 그에겐 아무것도 없었으니까. 그는 한 뭉치의 캔버스를 케이프로부터 가져와선 내 방의 캔버스 틀에다 끼웠다. 사납고 격렬한 그림들이 흡사 지옥의 광경처럼 벽과 마루로부터 나를 향해 불꽃처럼 타올랐다. 그 곁에 있는 내 그림들은 억제되고 온화하며 흐릿하고 사려 깊은 것처럼 보였다.

그는 내게 만족하지 않았다. "자네가 하고 있는 일은 대체 뭐지, 이벤?" 그는 고함쳤다. "초상화에다…… 꽃 그림…… 대체 어떻게 된 셈이야? 자넨 항상 훌륭한 화가가 되는 길을 따르지는 않았지." 그는 덧붙였다. "하지만 난 언제나 자네에겐 희망이 있다고 생각했다네."

그의 음성은 노선장의 목소리처럼 언제나 질풍 속에 반쯤 돛을 올리고 있었다. 가엾은 아르네, 나는 그를 과히 진지하게 취급한 적이 한 번도 없었다. 그의 온갖 노호나 그의 그림에 대해서도. 나는 오래전에 이미 그의 그림을 이해하기를 포기해버렸다. 그러나 나는 그를 좋아했다. 우리는 학생시절을 같이 보냈기 때문이다. 그래서 나는 그를 만나는 게 즐거웠다. 그의 정신은 사방팔방에서 사상의 태풍이 한꺼번에 불어닥치는 바람의 동굴이었다. 그는 색채에 반해 있었다. 마치 그는 무지개에 홀린 바이킹과도 같았다. 그는 무에 가까운 수입으로 살고 있었다. 나는 그가 일년에 한 장 이상의 그림을 팔았을까 의심스럽다. 그러나 그는 행복한 인간이었다. 왜냐하면 그는 자신의 천재를 결코 의심해본 적이 없었기 때문이다. 그가 필요로 하는 것은 얼마 안되었다. 그리고 그의 슬픔은 광대했지만 고통은 따르지 않았다.

그가 아주 좋아하는 말은 이런 것이었다. "예술은 군중에게 속해야 한다." 그러나 내가 군중은 그의 그림을 결코 이해하지 못할 것이라고 단언했을 때 그는 놀라움에 차서 나를 노려봤다. "이해한다고?" 그는 천둥 치는 소리를 냈다. "누가 녀석들보고 이해해달랬어?"

"예술은 창조 정신 그 자체에 대해서만 의미를 지닐 수 있는 거야."

"게다가" 그는 덧붙였다. "군중은 자네가 생각하는 것처럼 그렇게 어리석지는 않다네. 그들이 호머를 어떻게 취급했는가를 보란 말이야."

"그의 수채화에 대해선 아니거든." 내가 대답했다. "게다가 어쨌든 하나님의 이름으로 묻노니 자네와 호머 사이에 어떤 공통점이 있다는 거야?"

물론 여기엔 그는 대답하지 못했다.

"아, 그건" 하고 그는 거지반 수염 속에서 웅얼거렸다. "난 그저 자네한테 증명해 보이려고 했을 뿐이야……. 허나 자네도 알게 될 걸세." 그는 포효하듯 소리쳤다. "어차피 마찬가지야."

그는 자기와 더불어 과거를 되불러왔다. 뉴잉글랜드의 바람과 태양 속에서 보낸 자유분방하던 옛시절을, 생 자크 가의 아틀리에 뒤포아에서 지낸 겨울을 — 목탄 난로가 놓인 음침하고 냉기에 찬 커다란 방, 추위에 떠는 학생들, 불르 미슈의 작은 술집에서 보낸 저녁들 — 이곳 아카데미에서 가진 호돈과 올린스키의 초기 수업들 — 제작의 나날과 토론의 밤들. 그 시절엔 불멸의 진리와 같은 것들을 영원히 단정하는 것으로 충분했으며, 아울러 화가와 그의 그림이 지향해야 할 것이 무엇인가에 대해 끊임없이 생각했던 것이다. 나는 모딜리아니의 그림들을 보려고 근대화랑으로 그를 데리고 갔다. 또한 내가 제일 좋아하는 브럭허스트의 단 한 장의 그림을 보려고 페랄길에도 갔다. 그러나 그는 어느 것에도 한결같이 경멸의 눈길을 던졌다. 그에겐 자신의 작품을 제외하곤 아무것도 소용이 없었다.

그가 무엇보다도 찬탄해 마지않은 것은 시가였다. 또한 밋밋하고 바람받이인 케이프의 겨울을 지내고 온 그는 내 주변의 도처에 널려 있는 우뚝 솟은 석조건물과 햇빛에 잠긴 스카이라인이며 요란한 그림자들을 나로 하여금 신선한 눈으로 보도록 도와준 셈이었다. 그리고 일찍이 의혹과 불안의 온상이었으나 이미 맑게 개기 시작한 내 가슴은 희망과 화창한 날씨와 나 자신 뭐라 이름 붙일 수 없는 다른 무엇에 의해 분기되어 충천하는 환희로써 미래를 향해 스스로 열렸던 것이다.

지크스 부인이 당장에 그를 싫어한 것은 말할 필요도 없다. 바로 첫날 밤에 그녀는 부리나케 계단을 올라와서는 창백하고 험상궂은 얼굴로 좀 조용히 해달라고 부탁했다. 하긴 그녀는 부탁한다기보다 명령한 것이었지만. 두 손을 배 위에다 모아쥔 채 통렬함에 넘치는 시선으로 거기 문간에 서서 그녀는 이렇게 말했다. "당신들이 이 집을 어떻게 생각하시는지, 혹은 당신들이 하고 있는 짓들을 어떻게 생각하시는지는 알 바 없지만 당신들은 원치 않더라도 자고 싶어 하는 사람도 있는 거예요. 게다가 필요하다면 나는 언제든지 경찰을 부를 수도 있어요."

나는 그녀를 거의 비난할 수 없었다. 우리는 젊고 행복했으며 따라서 떠들썩하게 굴었음에 틀림없었을 테니 말이다. 나는 아르네가 그녀에게 무엇이든 던지지 않을까 걱정했지만 그는 깜짝 놀란 시선으로 오랫동안 그녀를 바라본 뒤 다만 "알겠습니다, 부인" 하고 웅얼거리더니 그만 구석으로 들어가버렸다. 그녀가 방을 나가 마치 군대와 같이 발자국 소리도 요란하게 층계를 내려간 후에 나는 그가 창백하게 되어 실제로 불안해하는 걸 목격했다. 나는 그를 보고 웃음을 터뜨렸지만 그는 나를 제지했다. "안 돼, 이벤." 그는 말했다. "웃으면 안 된대두. 저건 무서운 여자야. 흡사 검정 얼음덩이처럼 들어와선 내 그림들을 얼어붙게 만들잖아. 오오, 안 되지, 안 돼. 지금부터 난 소곤대며 얘기할 참이네."

비록 그러한 그를 보고 웃긴 했지만 그가 한 말을 나는 명심했다.

그럭저럭 일주일 동안 나는 좋은 날씨와 친구와의 동반을 즐기며 아르네와 더불어 시내를 돌아다녔다. 나는 그를 알함브라에도 데리고 갔는데 거기서 그는 새삼스레 말할 필요도 없지만, 내가 그린 벽화를 보고 그 옛날 파리에서 뒤포아 자신이 그랬던 것처럼 천둥 치는 소리로 내리깠다. 그의 견해에 의하면 나는 어리석고 천한 광경을 그렸다는 것이었다. 그럼에도 불구하고 그는 자기 앞에 자우어브라텐* 한 접시를 놓고는 자신도 패널화를 그릴 수 있는 가능성을 고려해보게까지 되었다. 뭣하면 일주일 동안의 성찬에 대한 사례로 식당의 입구 문 위에다 그림을 그릴 수도 있노라고. 무어 씨는 잠시 동안 생각해보았으나 아르네의 작품 견본을 보고 난 뒤에는 유감스럽다는 듯 머리를 저었다. "쿤스틀러 씨가 훌륭한 화가가 아니라고 생각하는 것은 아닙니다" 하고 그는 말했다. "하지만 저는 손님들을 생각해야만 하니까요. 저는 여기 오시는 모든 손님이 만족하게 되기를 바란답니다."

"신경 쓰지 마시오." 아르네는 말했다. "잊어버리구료."

"그러죠." 무어 씨는 말했다. "어쨌든 제안에 대해선 고맙습

---

* 거위, 토끼 따위의 내장을 조미료와 초로 요리해서 구운 것

니다."

그를 위로하려고 최선을 다한 것은 거스였다. "기분 상할 것 없네, 맥." 그는 말했다. "먹는 것 이외엔 어떤 것에도 눈이 가지 않는 부류의 사람들이 있는 법이라네. 자, 나를 보게. 나는 여가가 있을 때면 뭐든 아름다운 걸 보고 싶어 한다네. 허나 대부분의 사람들을 보면 그런 감정이 없거든. 놈들이 말하는 것이란 고작해야 수프를 가져와, 그리고 어서 먹게나, 정도란 말이야."

"그 일은 잊어버리세요." 아르네가 말했다. 그는 위엄 있게 팔을 내저었다. "예술가가 생활을 위해 그려야만 한다니 안 될 말이지요." 그는 선언했다. "이벤, 맥주 한 잔씩 더 하자구. 형편이 되면 언제든 갚을 테니까."

"호오!" 거스는 말했다. "자넨 근사한 친구를 가졌네그려."

커다랗고 불그죽죽한, 마디가 굵은 손으로 맥주 잔을 감싸쥔 채 아르네는 우리를 보고 벙글거렸다. "예술을 위해 건배" 하고 그는 말했다.

"그리고 친구를 위하여" 하고 내가 덧붙였다.

"여기 맥의 친구는 누구든지 다 내 친구일세." 거스가 말했다.

우리는 노란 거품 속에다 코를 담갔다. 아르네는 숨을 쉬느라 고개를 들며 온화한 뇌성으로 말했다. "그렇지만 예술이란 그걸 창조하는 예술가에게만 어떤 의미를 지닐 수 있는 거야."

9

 아르네는 선물인지 혹은 숙식비 대신인지 그림 한 장을 남겨놓고 배와 버스로 프로빈스타운으로 돌아갔는데, 이 그림이란 것이 그의 말로는 일몰을 그린 것이라지만 적어도 파충류시대 이래론 지구상에서 일찍이 본 적이 없는 종류의 색조로 된 것이었다 — 그리고 나는 그가 등을 보이자마자 때를 놓칠새라 얼른 침대 아래 그걸 숨겨버렸다.

 잇따른 2주일 동안은 집에서건 알함브라에서건 나는 눈코 뜰 새 없이 바빴다. 그 밖에도 나는 스피니 양을 위한 꽃 그림을 완성해서 그녀에게 주려고 화랑으로 그걸 가져갔다. 내가 두려워했던 대로 매튜스 씨는 그걸 보자 끙끙대었다. "이봐요." 그는 부르짖었다. "대체 어쩌자고 이런 걸 그릴 생각을 한 거요? 꽃 그림이라니……. 그것도 온갖 꽃 중에서 하필이면 글라디올러스를. 이걸 갖고 나더러 대체 어쩌라는 거지, 젊은 양반?"

나는 스피니 양의 부탁으로 그걸 그렸다고 대답해줬다. 또한 글라디올러스가 꽃장수한테서 구할 수 있었던 전부였노라고. "때가 겨울이니까요." 나는 그에게 주의를 환기시켰다. "여름꽃이란 어디에고 없는걸요."

"스피니." 매튜스 씨는 말했다. "당신 넉분에 난 파멸이야."

그러고서 그는 분격의 고함을 내질렀다.

"걱정 마세요." 스피니 양은 냉정하게 말했다. "전 이게 맘에 들어요. 애덤즈에게 30달러 드리세요. 이 주일이 다 가기 전에 제가 팔겠어요."

그러나 이번만은 매튜스 씨도 굽히려고 하지 않았다.

꽃 그림을 마주 대하더니 그는 발을 굴렀다. "25달러." 그는 말했다. 마치 궁지에 몰린 생쥐처럼. "그 이상은 한 푼도 더 못 내겠어."

스피니 양은 조심스럽게 그를 살폈다. 그녀는 버티어나갈 때와 양보할 때를 알고 있었다. "좋아요." 그녀는 말했다. "그럼, 25달러. 그것으로 만족하시겠어요, 애덤즈?"

사실인즉 나는 그걸 그보다 덜한 값으로, 혹은 공짜로도 그녀에게 주었을 게다. "만족하지 못하겠는데요" 하고 나는 말했다. "허지만 가져가기로 하죠."

"당신은 못처럼 딱딱한 분이세요. 안 그래요?" 그녀는 냉랭한 미소를 띠며 말했다. "저도 그래요. 그게 바로 제가 당신을 좋아하는 이유예요."

"하지만" 하고 그녀는 엄하게 덧붙였다. "여태까지 우린 당신 때문에 손해를 보고 있는 셈이에요. 그러니 만심(慢心)하진 마세요."

매튜스 씨는 언짢은 얼굴로 턱을 긁었다. "그만둬요." 그는 거북한 듯이 말했다. "엄밀히 말하면 그렇지는 않아요, 애덤즈 씨. 내가 말하는 뜻은, 우린 스케치 한 장만 팔았을 뿐이지만, 물론 다른 것들은 여전히 보관하고 있다는 것이죠."

"그건 잊어버리세요." 스피니 양은 말했다. "여기 애덤즈는 걱정할 거 없어요. 이분은 절 이해해주세요."

그럼에도 불구하고 내가 나가려니 그녀는 나를 옆으로 끌고 가서 5달러짜리 지폐를 내 손에 밀어넣는 것이었다. "내가 30달러라고 말하면 어디까지나 30달러예요." 그녀는 선언했다. 나는 그걸 도로 그녀에게 주려고 했으나 그녀는 나를 문으로 밀어붙였다. "빨리빨리 가세요, 애덤즈." 그녀는 말했다. "빨리빨리요. 내 비위를 상하게 하지 말고."

다음 날 나는 5피트짜리 캔버스를 준비했다. 나는 캔버스를 팽팽하게 틀에 끼워선 그걸 화가(畵架) 위에 올려놓고 한쪽을 물에 축이고 나서 팔레트 나이프로 백연(白鉛)을 칠해 표면을 밝게 빛나도록 하는 작업을 했다. 그러고 나서 그걸 밖에 내다 말렸다. 그것은 케이프에서 제리 판스워드가 내게 가르쳐준 트릭이었다.

이렇게 하고 나선 기다리는 것밖에 할 일은 아무것도 없었다.

제니는 그 주의 끝에 왔다. 나는 계단을 올라오는 그녀의 가벼운 발걸음 소리를 듣고 달려가 문을 열었다. 나는 그녀의 안색이 파리해 보인다고 생각했다.

게다가 그녀는 상복 비슷한 걸 입고 있었다. 문간에 서서 그녀는 애처로운 태도로 나를 보았다.

"아버지와 어머니가 말이에요." 그녀는 입을 열었다. "재앙을 당하셨어요." 그녀는 애써 미소지으려고 했지만 눈에 눈물이 가득 고여 그걸 삼키느라 힘껏 눈을 깜박이지 않으면 안 되었다. "돌아가셨지 뭐예요." 그녀는 거의 놀라며 말했다.

"알고 있어." 나는 부지중에 말했다. 그리고 곧 입술을 깨물었다. 나는 그녀의 손을 잡아 방으로 데리고 들어왔다. 나는 뭔가 말해야만 한다. 어떻게 내가 알았는가를 해명해줘야 한다고 생각했다……. "읽어서 알았지." 나는 그녀에게 말했다. "신문에서 말야."

"오, 그러세요." 그녀는 막연하게 대답했다. 그러나 그녀는 내가 한 말을 염두에 두고 있지는 않았다.

나는 그녀를 앉히고 나서 모자와 코트를 벗겨 침대 위에 놓왔다.

"안됐군, 제니." 나는 말했다.

그녀는 깊은 숨을 들이쉬었다. "부모님은 절 무척 귀여워해주셨더랬어요." 그녀는 약간 떨리는 목소리로 말했다. "별로 자주 만나 볼 순 없었지만. 그래도…… 하필이면 그런 식으로 돌아가시다니……."

"알아." 내가 말했다.

"오오, 이벤." 그녀는 소리쳤다. 그러고는 얼굴을 가리고 흐느꼈다.

나는 그녀를 위로해주고 싶었다. 그러나 그녀가 실컷 울게 내버려두는 게 훨씬 나으리라 생각했다. 등을 돌린 채 나는 창가로 걸어가서 짙은 푸른색 하늘을 응시했다. "이봐요." 이윽고 나는 입을 열었다. "모델도 서기 싫겠지, 안 그래? 이런 일을 당하고 났으니……?"

나는 그녀를 보고 있지 않았으나 그녀가 자세를 바로잡고 코를 푸는 소리를 들을 수 있었다. "전 오고 싶었어요." 그녀는 굴곡이 심한 어조로 말했다. "당신이 보고 싶었어요. 오직 이곳에 있고 싶은 마음이었어요." 그녀는 울음 뒤의 가벼운 딸꾹질을 했다. 그런 다음 떨리는 한숨을 내쉬었다. "물론 모델이 돼드릴 수 있어요." 그녀는 결론적으로 말했다. "그다지 아름다운 모습은 아니지만요."

나는 그녀가 오히려 이전보다 한결 아름답게 보인다고 생각했다. 눈물은 그녀의 앳된 얼굴에 어떤 흔적도 남기지 않았다. 반대로 그녀의 눈을 맑게 씻어 어두운, 꿈꾸는 듯한 눈매로 만들어주었다. 나는 그녀를 의자에 앉히고 몇 년 전 내가 파리에서 샀던 낡은 노란색 명주 조각을 그녀의 뒤에 펼쳐두었다. 내가 바라는 대로 광선이 떨어지도록 하고 이젤을 바른 각도로 놓을 때까지 오랜 시간이 걸렸다. 이렇게 하는 동안 주욱 그녀는 다만 조용히 앉아 앞을 응시한 채 말 한 마디 없었다. 모든 것이 원하는 대로 되었다고 흡족히 여겼을 때 나는 캔버스를 바로 세우고 일에 착수했다.

내가 그날 착수한 그림은 설명할 필요가 없으니, 대부분의 독자들은 뉴욕의 메트로폴리탄 미술관에서 그 그림을 보았을 테니 말이다. 그것은 황금빛 휘장 앞에 앉은 십대의 초반에 있는 소녀의 그림이다. 미술관에선 그걸 〈흑의의 소녀〉라고 부르고 있지만 내게 그것은 언제나 한갓 제니일 뿐이다.

나는 묵묵히 일을 계속했다. 거의 꿈속에서처럼, 이상한 흥분에 넘쳐서. 내가 하고 있는 일에 너무나 넋이 빠져 있었으므로 나는 시간 가는 걸 헤아리지 못했다. 줄잡아 두 시간 이상은 그리고 있었음에 틀림없다. 그때 갑자기 제니가 의자에서 앞으로 고꾸라져 막 마루로 미끄러지려는 게 눈에 띄었다. 나는 화필을 떨어뜨리고 겁에 질려 움찔거리며 그녀에게로 달려갔다. 그러나 내가 안아 일으키자 그녀는 눈을 뜨고 나를 보며 수줍게 미소했다. "지쳤어요, 이벤." 이것이 그녀가 말한 전부였다.

그녀는 거의 무게가 없는 것처럼 느껴졌다. 나는 그녀를 침대에 눕히고 그녀의 코트를 덮어줬다. 그러고는 차를 끓이려고 난로 위에 물을 얹었다. 차가 끓자 나는 그녀에게 그걸 마시도록 했다. 그랬더니 희미한 혈색이 볼 위에 되살아났다. "한결 나아졌어요, 이젠." 그녀는 말했다. "춥지도 않고요. 원하신다면 다시 앉을 수 있어요."

그러나 두말 할 것 없이 나는 그녀에게 무리는 시키고 싶지 않았다. "안 돼" 하고 나는 잘라 말했다. "넌 쉬어야 해. 넌 더 이상 바랄 수 없이 좋은 모델 노릇을 했어. 일이 순조롭게 되었으니 근사한 스타트를 한 셈이야. 게다가 시간은 충분히 있으니까."

그녀는 다시 한번 가느다란 한숨을 내뿜었다. 거의 속삭임과도 같이. "아니에요." 그녀는 말했다. "겨를이 없어요. 하지만 당신이 하라는 대로 할게요. 쉬라면 쉬겠어요."

약간 몸을 떨면서 그녀는 자기 코트 밑으로 들어가 다시 누웠다. 눈은 감은 채 칠야인 양 새까만 머리를 내 베개 위에 펼치고, 그 손은 내 손 안에서 흙처럼 차가웠다. 나는 그녀를 내려다보며 서 있었다. 젊음에 넘치는 눈썹이 그리는 가느다란 곡선, 그 아래 볼 위로 고이 내려앉은 긴 속눈썹 ― 나는 일종의 두려움으로, 또한 그와 동시에 환희로 인해 가슴이 죄어드는 기분이었다.

너는 누구인가? 하고 나는 생각했다. 무엇이 너를 나에게로 데려왔느뇨?…… 과거의 어떤 이야기 속에서 빠져나와 길을 잃고, 의지할 곳 없이 고독한 어린애며 나그네인 너는?…….

　내 손이 약간 떨렸음에 틀림없었다. 왜냐하면 그녀는 눈을 뜨고 심각하게 나를 쳐다보았으니까. "이제 와선 당신이 내가 가진 전부예요, 이벤." 그녀는 말했다.

　반은 놀라움, 반은 당황으로 내가 움찔하자 그녀는 내 손을 놓고 일어나 앉아 코트 밑에서 몸을 움츠리고는 가녀린 두 팔로 무릎을 감싸안았다. "아주머니를 제외하면요" 하고 그녀는 나를 안심시키려는 듯이 덧붙였다. "전 아주머닐 그리 잘 모르지만요. 그분이 이제부터 절 돌보아주실 거예요."

　"그렇군" 하고 나는 거북살스럽게 말했다. "그렇담 다행이군 그래."

　그녀는 애원하는 시선으로 나를 보았다. 이번엔 그녀가 확인을 구할 차례였다. "제가 와주었으면 하고 바라셨지요?" 그녀는 확신없는 목소리로 물었다. "그렇지 않았나요? 모델을 서기 위해서 말이에요."

　"다시는 오지 않았으면 좋겠어요?"

　나는 말을 할 수가 없었다. 그러나 그녀는 내 얼굴에서 그녀의 물음에 대한 대답을 읽었음에 틀림없었다. 왜냐하면 그녀는 방긋 웃었으니까. 그러고 나서 그녀는 저 몰에서의 최초의 저녁

— 벌써 몇 해 전 일이었던가? — 에 내가 보았던 것과 같은 동작으로 얼굴에 내려온 머리카락을 뒤로 쓸어넘기는 것이었다. "될 수 있는 대로 빨리 올게요." 그녀는 말했다.

"제니……." 나는 쉰 목소리로 입을 떼었다.

"뭐죠, 이벤?"

나는 시선을 돌렸다. 결국 무슨 할 말이 있었겠는가? 아무것도 없었다. 나는 내가 무슨 생각을 하고 있는지조차 몰랐다. "아주머니는 어디 살고 계시지?" 나는 물었다. 적어도 그녀의 거처는 알 수 있을 것이다. 그러면 내가 그래야 할 때 그녀를 찾을 수도 있을 테지, 하고 나는 생각했다. 그러나 그녀는 고개를 저었다. "제가 어디에 살건 그게 무슨 상관이겠어요?" 그녀는 말했다. "당신은 제게 올 수 없는걸요. 저만이 당신한테 올 수 있는 거예요."

그녀는 더할 나위 없이 정겨운 어조로 슬프게 말했다. 그러나 그것은 걷잡을 수 없는 최후선언이기도 했다. 한순간 우리는 공기 이상의 심연을 — 일찍이 어떤 영혼도 건너간 적이 없고, 가서 되돌아온 적도 없는 그러한 심연을 사이에 두고 서로를 바라보았다……. 그녀는 마치 내게 도달하려는 것처럼 살며시 절망의 몸짓을 했다. 그리고 나서 그 순간은 지나가버렸다. 그리고 그녀는 다시금 자신 속으로 물러가 내가 볼 수 없는 무엇인가를 꿈꾸는 이방인이 되었다.

그러나 나는 그때 우리가 둘 다 서로 이해하고 있음을 알았다.

이윽고 그녀는 일어나더니 모자를 쓰고 코트를 입었다. "안녕히 계세요, 이벤." 그녀는 말했다. "될 수 있는 대로 빨리 오겠어요. 서두를게요. …… 정말예요."

그녀는 커다랗게 뜬, 어둡고 열렬한 시선으로 나를 보았다. "전 당신이 알지 않았으면 했어요" 하고 그녀는 말했다.

문 앞에서 그녀는 다시 한번 돌아다봤다. "참고 기다려주세요." 그녀는 속삭였다.

"꾹 참고 절 기다려주세요, 네."

10

 인간은 때때로 자기가 이해할 수 없는 일을 믿지 않으면 안 된다. 그것은 신비가뿐 아니라 과학자도 다 같이 취하는 방법이다. 끝없이 무한한 것임에 틀림없는 우주에 직면했을 때 자기로서는 참으로 그걸 상상할 수 없더라도 그는 그걸 받아들인다. 왜냐하면 우리의 정신 속에는 무한이란 그림은 없기 때문이다. 어디엔가 사고의 가장 먼 한계점에서 우리는 반드시 그것의 종국을 꾀하려 한다. 그러나 — 만약에 종국이란 게 없다면? 혹은 만약에 종국에서 우리는 단지 다시금 시초로 되돌아오는 것이라면……?
 2주일 뒤 제니가 돌아왔을 때 나는 최근 몇 번 만나는 사이에 그녀가 사뭇 키가 커버린 걸 깨달았다. 그녀는 수도원의 기숙

학교 같은 데서 젊은 숙녀들이 입는 제복 — 세일러복의 블라우스와 거의 발목까지 닿는 스커트를 입고 있었다. 그녀는 계단을 올라와선 모자를 침대 위에 내던졌다. "이벤!" 그녀는 소리쳤다. "재미나요."

한순간 나는 완전히 어안이 벙벙해졌다. 설사 내가 어떤 일을 기대했다손 쳐도 확실히 이런 식으로는 아니었던 것이다. 전번에 만났을 때의 모습을 상기시키는 것은 아무것도 없었다. 사실 내가 볼 수 있는 한은 그녀에게서 어린애 티라곤 도무지 찾아볼 수 없었다. 반대로 그녀는 거의 활발한 젊은 부인의 영역에 도달해 있는 것처럼 보였다. 나는 생각했다…… 초상화를 한시바삐 완성해야겠다. 너무 늦어지기 전에…….

나는 말을 입에 품고 있을 수가 없었다. "컸군그래, 제니. 그리고 입고 있는 옷이……."

그녀는 자기 행색을 내려다보더니 구슬프게 웃었다. "알고 있어요." 그녀는 말했다. "지독하지 않아요? 수도원에선 우리한테 이런 걸 입힌답니다."

별안간 말을 끊고는 소스라치게 놀란 기색으로 그녀는 나를 보았다. "오오." 그녀는 외쳤다. "물론…… 당신은 모르셨겠죠……."

"전 지금 세인트 마리에 있어요. 에밀리와 함께요. 아주머니가 절 그곳에 보냈어요."

"대강은 짐작하고 있었지." 나는 대답했다. "그건 그렇고……
난 널 줄곧 기다리고 있었어. 일을 시작하는 게 좋겠군."

그녀는 의자에 자리를 잡고 앉았다. 나는 나의 낡은 검은 코트를 가져와 세일러복 블라우스 위에다 걸쳤다. "의상은 다른 때 그릴 수도 있으니까." 나는 그녀에게 말했다. "그건 네가 없어도 되거든."

그녀는 의자 속에서 몸을 빳빳하게 곤추세우고 앉아 있었다. "근데요." 그녀는 토라진 어조로 말했다. "절 만나 기쁘지 않은 모양이죠?"

이전과는 사뭇 다른, 다루기 힘든 모델 행세였다. 제니는 마음이 싱숭생숭하고 고조된 기분에 들떠 있었다. 몇 분의 간격마다 이야기를 하거나 거닐기 위해 그만두고 싶어 했다. 그녀의 머리는 학교 생활로 꽉 차 있었다. 우정과 수도원 사회의 나날의 사건과 변화에 매혹되고 — 친구를 갖고, 비밀을 갖는 것이 행복하고 — 생전 처음으로 조그마한 사회의 일부가 된 것이 즐거웠던 것이다. 내게 말해주지 않고는 못 배기는 플레인 송*이 있었고 아담한 온실로의 나날의 산책이 있었다. 그 온실에선 소녀들이 수녀들의 한 사람으로부터 과일을 사는 게 허용되었다. 또한 저들이 번칭(bunching)이라 부르는, 서로 번갈아가며 바치는

---

* 반주 없이 부르는 성가

작은 꽃다발에 대한 이야기와 반짝이는 강물을 내려다보며 언덕 위에 우뚝 솟은 수도원 학교 자체에 관한 일. 그리고 그녀에게 수학과 역사를 가르치는 테레사 수녀 — 그녀의 차분하고 안온한 얼굴은 이미 제니의 가슴속에 최초의 날카롭고 달콤한 사랑의 경험을 불러일으켰던 것이다. 다음으로 물론 에밀리가 있었으니 그녀는 제니와 같은 방을 쓰며 서로의 비밀을 공유하는 사이였다. 둘은 양말과 블라우스도 바꿔 입었으며 에밀리의 화장대 위엔 — 다만 아무도 들어올 것 같지 않은 때만이었으나 — 높은 칼라를 하고 검은 눈과 굽이치는 머리칼을 가진 젊은 남자의 사진이 놓여 있었는데 사진 밑에는 존 길버트라는 이름이 인쇄되어 있었다.

그렇다 — 제니는 변했다. 나는 그녀가 약간 살이 쪘다는 것까지도 눈치챘다. 그건 보다 나은 방향으로의 변화라고 나는 생각했다. 나는 그녀가 계속 지껄이도록 내버려뒀다. 거의 귀도 기울이지 않은 채, 내 손가락은 내 눈이 가는 방향을 따라가느라 최대의 스피드로 화면 위를 종종걸음으로 달렸고, 눈은 눈대로 볼 수 없는 것을 — 거기에 있는 것뿐 아니라 과거에 있었고 어느 날엔가는 있게 될 것을 찾아 끊임없이 헤매었다. 나는 정말로 내가 시간을 거역해서 일하고 있는 것을 느꼈다. 또한 그림이 화필 밑에서 꽃피어감에 따라 나 자신이 환희의 파도에 실려 앞으로 앞으로 나아가는 듯한 기분이었다. 한 발 떨어져 그림을 쳐다

볼 때마다 그것이 힘을 더해가고 아름다움이 응집되는 걸 보았던 것이다.

우리는 점심을 먹기 위해 정오에 일을 중단했다. 기실 나로선 아무것도 먹지 않고도 기꺼이 일을 계속했겠지만. 그러나 제니를 위해선 정녕코 그럴 수 없었다. 그녀는 나의 초라한 가스 난로 위에서 나를 위한 점심 요리를 손수 하려는 계획을 진작부터 품고 있었던 모양이었다. 게다가 그녀는 학교에서 요리 수업까지 받았던 것이다. 불행히도 내가 찾을 수 있는 한 화실엔 그녀가 요리할 만한 게 아무것도 없었다.

"정어리가 약간 있는데" 하고 내가 말했다. "그리고 치즈가 조금 있고, 크래커와 밀크도. 미안해, 제니. 알다시피 네가 올 줄은 몰랐으니까."

그녀는 행복하게 웃었다. "어쨌든 제가 요리할 수 있는 건 그게 전부예요." 그녀는 말했다. "달걀 요리도 할 수 있지만 그건 아무래도 좋아요. 치즈를 요리하죠."

그리고 그녀는 정말로 치즈 요리를 했다. 비록 치즈를 녹이기 위해 다소 태우지 않은 바도 아니고 또 타는 냄새 때문에 지크스 부인을 불러들이지나 않을까 걱정되기도 했지만. 치즈를 녹이고 나서 그녀는 크래커 위에다 그걸 떨어뜨려 붙인 다음 전혀 먹을 수도 없는 것을 더욱더 고무처럼 만들어버렸다. 나는 정어리를 몇 토막 먹었고 얼마 뒤 그녀도 역시 정어리를 먹었다. "재미있지 않아요?" 그녀는 말했다.

그야 물론 그녀에겐 재미있는 일이었다. 왜냐하면 만약에 에밀리가 길버트 씨를 갖고 있다면 제니는 나를 가지고 있었으니까 — 마음이 통하면 살며시 고백하고 그렇지 않으면 가슴속의 감춰진, 신성불가침의 비밀로서 간직할 자신만의 자극적인 비밀로서. 그러한 나이엔 누구나 비밀을 갖는 법이다. 특별한 비밀, 은밀한 비밀을 — 왜냐하면 땅과 하늘 사이의 모든 것은 젊은 가슴이 서로서로 비밀로 속삭이는 하나의 커다랗고 전체적인 비밀의 일부이기 때문이다. 새로운 광경 — 새로운 음향 — 새로운 의미 — 새로운 기쁨과 공포 — 유년시절을 통해 한결같이 단일색이었던 그녀의 가슴은 유리가 한 번 회전할 때마다 보다 새롭고 더욱 숨막히는 모형으로 떨어지는 반짝이는 단편들로 이루어진 만화경으로 변해 있는 것이다. 에밀리…… 테레사 수녀…… 플레인 송과 꽃들……. 그리고 마지막으로 나라는 남자 — 이 모든 것이 그녀가 말할 때까진 어느 누구도 알 수 없는, 온전히 그녀의, 그녀 자신만의 은밀한 비밀인 것이다.

"애들은 노상 제게 당신에 대한 걸 물어대죠." 그녀는 고백했다. "하지만 전 개들에게 어떤 얘기도 안 해줄 거예요. 다만……." 그녀는 잠시 생각에 잠겼다……. "당신이 굉장히 미남이라는 것과……." 그리고 그녀는 손가락으로 헤아리기 시작했다.

"제니." 내가 말했다. "바보같이 굴지 마."

"…… 그리고 당신이 위대한 예술가라는 것과 또 자칫하면 굶어 죽을 뻔했다는 것……."

그녀는 수줍게 미소지었다. "개들은 이 마지막 부분에 반했어요." 그녀는 선언했다. "그걸 아주 로맨틱하다고 생각했거든요."

"맙소사!" 나는 말했다.

"그래요, 개들은 그렇게 생각들 해요." 그녀는 주장했다. "그리고 제가 이렇게 당신을 만나러 오는 것도 로맨틱하다고 생각한답니다."

그녀의 목소리는 아직도 함빡 웃음에 젖어 있었지만 두 볼은 핑크빛으로 물들고 고개는 다소곳이 숙인 채였다. "아마 그럴 테지." 나는 다소 엄하게 대꾸했다. "하지만 우린 일을 해야만 해. 네가 남은 밀크를 마저 마시고 나면 시작하기로 하지."

그녀의 시선은 당황해서 내 얼굴로 날아왔다. "화나신 건 아니겠죠, 이벤?" 그녀는 더듬거렸다. "전 다만 농담으로 그랬을 뿐예요."

"물론 화난 건 아니야." 나는 좀 지나치게 퉁명스레 말하고는 일어섰다. "자, 일로 돌아가지…… 괜찮지?"

그녀는 얼마간 벌을 받는 기분으로 다시금 자리를 잡았다. 그러나 그녀는 오랫동안 입을 다물고 있을 수가 없었다. "이벤." 그녀는 말했다.

"음?"

"정말은 당신을 미남자라고 하진 않았어요."

그러나 그 말은 나를 별로 위안해주지 못했다.

"좀 더 근사한 옷을 입었음 좋겠어요." 잠시 뒤 그녀는 말했다. "저흰 일요복으로 짧은 소매의 블라우스가 달린 푸른 드레스를 갖고 있어요. 교회에선 길고 흰 베일을 써야 하구요. 요전번엔 에밀리의 베일이 떨어졌지 뭐예요. 너무 서두른 바람에 그걸 핀으로 단단히 찔러놓지 못했거든요. 그래서 걘 온종일 입을 다물고 있어야 하는 벌을 받았어요."

이 한 토막의 보고에 대한 아무런 대답도 얻지 못하자 그녀는 화제를 딴 데로 돌렸다. "학과 중엔 제가 좋아하는 과목이 있어요." 그녀는 말했다. "과학과 수학 같은 과목을 전 좋아해요. 하지만 역사는 싫어요. 역사는 너무 슬픈 기분을 느끼게 하는 걸요."

"전 기묘한 마음을 가졌나 봐요."

나는 한 손으로 일하는 동안 잇새에 한 자루의 화필을 물고 있었다. 그래서 나는 대답으로 몇 마디 입 속에서 웅얼거렸다.

"당신 역시 기묘한 맘을 가지셨어요." 그녀는 말했다.

"아마 그런가 봐." 나는 정신을 딴 데 둔 채 동의했다. "아마 그럴 거야. 머리를 오른편으로 약간 돌리렴……."

"이벤." 이윽고 그녀는 숨을 죽인 기묘한 목소리로 말을 건넸다. "사람들은 이따금 앞에 닥쳐올 일을 알 수 있다고 생각하세요? 제가 말하는 뜻은 — 자기들에게 무슨 일이 일어나려고 하는가에 대해서 말예요."

그러나 나는 일을 하고 있었고 오로지 내가 하는 일에만 정신을 뺏기고 있었다. 그렇지 않았던들 나는 손을 멈추고 — 그리고 곰곰이 생각해보고는 — 아마도 어떤 대답도 전혀 할 수 없는 질문에 심히 정신이 혼란해졌으리라. 그러나 실은 그런 상태였으니 나는 다만 반쯤만 듣고 있었을 뿐이었다. 그래서 생각지도 않고 대답했던 것이다.

"무슨 헛소리야." 나는 말했다.

제니는 한동안 잠자코 있었다. 그러고 나서 "모르겠어요" 하고 느릿느릿 말했다. "그리 확신은 없어요. 때때로 어떤 일 때문에…… 일어나지도 않은 일 때문에…… 얼마나 마음이 슬퍼지는지 아시겠어요. 아마도 그건 바야흐로 일어나려고 하는 일이겠죠. 아마도 우리는 그걸 알고 있으면서도 스스로에게 그걸 인정하는 걸 두려워할 뿐일 거예요. 어째서, 이벤…… 만약에 당신이 앞일을 내다볼 수 있다면…… 다가올 일에 대해 슬픔을 느끼지 않을 수 있겠어요? 단지 닥쳐올 일을 알지도 못하고 그걸 근심이란 둥 혹은 그 비슷한 이름으로 부르고 있을 따름이죠."

나는 이 말을 듣기는 했으나 진정으로 주의를 기울이지는 않았다.

"넌 꼭 흰 왕비처럼 말하는구나." 나는 말했다.

"흰 왕비라뇨?"

"앨리스에 나오는 인물 말이야." 나는 그녀에게 대꾸했다. "그녀는 처음엔 외쳐대고 뒤엔 자신을 찔러 죽였지."

"오오" 하고 제니는 조그마한 소리로 말했다. 그림을 그리는 이외엔 어떤 것에도 주의를 기울일 여유가 거의 없었다 해도 나는 내가 그녀를 상심케 했다는 말은 할 수 있었을 텐데.

"좋아요." 그녀는 말했다. "더 이상 아무 얘기도 않겠어요."

그리고 모델로서의 나머지 시간 동안엔 그녀는 말없이 거기 앉아 웃음이 사라진 얼굴로 다시금 자기 자신 속에 들어가 꿈꾸면서 먼 데로 가 있었다. 그러나 나는 해명을 하려고 하기엔 너무나 바빴다. 게다가 그렇게 있는 것이 그림엔 좋은 효과를 내었던 것이다. 빛이 흐릿해지기 시작했을 때 나는 화필을 놓고 깊은 숨을 내쉬었다.

"다 된 모양이야, 제니." 나는 말했다.

대답은 없었다. 그녀는 반쯤 잠들어 있는 것처럼 보였다. 나는 기분을 상쾌하게 하기 위해 조용히 홀로 내려가 세면실로 갔다. 내가 1분이나 그 이상을 떠나 있었을지는 의문이다. 그러나 내가 돌아왔을 때 제니는 가고 없었다.

그녀는 침대 위에다 쪽지를 남겨놓았다. "친애하는 이벤"이라고 거기엔 씌어 있었다. "저는 어느 날엔가 다시 돌아오겠어요. 하지만 이내 올 수는 없어요. 봄이 되고 나서라고 생각해요, 제니."

11

 학교에 전화를 하기도 전에 나는 어떤 대답이 나올지 알고 있었다. "미안합니다. 그런 이름을 가진 사람은 여기엔 없습니다." 나는 학교 명부를 조사해봐달라고 부탁하지도 않았다. 거기에 대해서도 어떤 회답이 돌아올지 알고 있었기 때문이다.
 그리하여 거기서 만사는 끝난 것이었다.
 할 수만 있다면 나는 잇따른 몇 주일 동안에 내 마음의 상태를 묘사하려고 해봐야겠다. 나는 내가 믿도록 요망된 것이 불가능한 일이라는 걸 알고 있었다. 그러면서도 나는 그걸 믿었다. 그리고 동시에 두렵기도 했다. 나의 공포는 형체가 없는 것이며 대체 내가 무얼 무서워하고 있는가를 알지 못한다는 사실이 무엇보다 사태를 최악의 상황으로 만들었다. 왜냐하면 알 수 없다는 것만큼 자나깨나 우리를 몸서리치게 하는 일은 달리 없기 때문이다.

나는 그러한 두려움에 빠진 기분과, 제니가 떠난 뒤 나를 휩쓴 갑작스런 황량감 중의 어느 편이 더 견디기 어려웠던가를 알지 못한다. 그녀는 아득한 바다 너머로 사라져버렸다. 그리고 내가 그녀를 찾을 수 있는 곳이라곤 아무 데도 없었던 것이다.

그것은 나를 둘러싼 세계를 기묘하게 텅 빈 것처럼 보이게 했다 — 흡사 아무것도 연주되지 않는 바이올린의 나무 울림통처럼 소리없이 텅 빈 것으로. 하나의 곡조만 있다면 거기에 온갖 생명을 되돌려주련만. 하나의 곡조가 그걸 악기로 만들어줄 것이련만. 그러나 곡조는 연주되지 않는다. 아무도 그걸 만지지 않는 것이다. 그것은 텅 빈 상자 그대로 남아 있을 뿐이다.

처음에 나는 자신의 무기력에 몰두했다. 그리고 동시에 그 때문에 낭패감을 맛보았다. 어째서 태양이 매일 아침 옛날의 되풀이로서가 아니라 새로운 날로 떠오르는가를 자문해본 적이 이전엔 정녕코 없었다. 혹은 내가 행한 일의 얼마만큼이 진정으로 나 자신이 할 일이었던가에 대해서도 이전엔 한 번도 의심해본 적이 없었다. 이곳 지상에서 우리는 우리의 무지와 우리의 천진난만함에 대해 충분히 감사하고 있지 않은지도 모른다. 우리는 오직 하나의 길, 오직 하나의 방향, 즉 앞으로 나아가는 것밖에 없다고 생각한다. 그리고 그 길을 받아들이고 서둘러 나아간다. 우리는 신에 대해서 생각하고 우주의 신비에 관해 생각하지만 그런 것들에 대해 그리 많이 생각하지는 않는다. 또한 우리는 그것이 신비라는 걸 진정으로 믿지도 않는다. 혹은 설사 그것이 우리에게 설명된다 해도 우리가 이해할 수 없다는 사실을 진정으로 믿지는 않는다. 아마도 그것은 일체가 말해지고 행해질 때 우리는 진정으로 신을 믿지 않기 때문인지도 모른다. 우리 마음속에선 그것이 우리의 세계이지 신의 세계는 아니라고 확신하고 있는 것이다.

얼마만 한 우리의 어리석음이랴. 그러나 우리는 어리석게 창조되었다 — 무구하고 무지하게. 그리하여 우리가 이 지상에서 신비에 둘러싸여 있으면서도 마음 편히 살아갈 수 있도록 해주는 것은 오로지 이러한 무지의 덕택인 것이다. 우리는 모르기 때문에, 또한 추측할 수 없기 때문에 이해하기 위해 지나치게 머리를 괴롭힐 필요도 없다. 우리를 아침마다 새로운 날에, 신선한 날에, 기나긴 날들의 연쇄로서의 다른 하루에 눈뜨게 하는 것은 바로 이 천진함이다. 우리의 행동 하나 하나를 새로운 것 같이, 의지를 실행한 결과인 것처럼 보이게 하는 것은 바로 이 무지인 것이다. 이러한 무지가 없다면 우리는 공포 때문에 얼어붙어 꼼짝할 수 없게 되어 멸망하고 말 것이다. 혹은 신의 참다운 이름을 터득한 옛날 성자들처럼 견딜 수 없는 환영의 불꽃 속에서 타버리고 말 것이다.

나는 일로 되돌아갔다. 그리고 거기 나의 이젤 앞에 다시 섰을 때 나는 다소 마음의 평화를 되찾았다. 나는 내가 아직도 지상에 닻을 내리고 있다는 것, 또한 신이 하고자 하는 일이 무엇이든 간에 만약에 내가 살기로 돼 있다면 그것은 나 자신의 노력에 의해 그렇게 돼야 한다는 걸 깨달았다. 조금씩 조금씩 무력감과 공포의 안개는 나의 가슴속에서 스스로 소진되어 나를 투명하고 감사에 넘친 — 그리고 고독한 상태로 내버려두었다.

내가 예상하지 않았던 것은 바로 이 같은 고독감이었다. 그리고 나는 거기에 익숙해 있지 않았거니와 그러한 상태는 나로 하여금 완성한 초상화를 당장 매튜스 씨에게 가져가지 못하도록 했던 것이다. 이 초상화야말로 내가 제니에 대해 지니고 있는 전부였고 그녀가 실제로 이 세상에 존재했다는 것을 내게 상기시켜주는 전부였던 까닭이다. 나는 자신을 도저히 그것과 떼어놓을 수가 없었다. 나는 그녀가 돌아오기를 줄곧 기다리고 있는 자신을 발견했다. 언제나 온전하게 충족되어 있던 나의 어떤 부분이 돌연히 더 이상 그렇지 못한 것이 되었다. 무엇인가가 상실된 것이었다.

지크스 부인은 어느 날 초상화에다 얘기를 걸고 있는 나를 발견했다. 내가 대체 무슨 말을 지껄이고 있었는지는 모르겠다 — 아마도 이전에 진짜 제니에게 했던 어떤 말이었을 게다. 그녀는 소리 없이 내 뒤로 들어와선 손에 총채를 쥔 채 내 어깨 너머로 바라보고 서 있었다. "훌륭하군요." 그녀는 말했다. "훌륭해."

그 소리는 나를 깜짝 놀라게 했다. 또한 나를 혼란시키기도 했다. 나는 혼자서 큰 소리로 얘기하고 있었던 게 아니라는 듯이, 그것은 전혀 실수였다는 듯이, 마치 지극히 자연스런 일인 것처럼 보이게 하려고 멀찌감치 물러섰다. 그러나 지크스 부인은 속아넘어가지 않았다. "저게 바로 당신을 찾아오곤 하던 처녀로군요." 그녀는 말했다. 그녀의 목소리는 악의로 가득 차 있었다.

"바로 당신의 연인이란 말이죠."

나는 화를 벌컥 내어 그녀에게 대들었다. "밥통 같으니라구!" 나는 고함쳤다. 나는 그녀를 두들겨패서 방에서 몰아내고 싶었다. 그러나 그녀는 거기 버티고 선 채 나를 마주 겨누어봤다. "바보는 내가 아니에요" 하고 그녀는 통렬하게 말했다.

그녀는 일종의 삭막한 위엄을 풍기며 문 쪽으로 걸어갔다. "원하신다면 당신은 언제나 이 집을 떠날 수 있답니다." 그녀는 말했다. "당신 대신에 즐겨 들어올 사람은 얼마든지 있으니까요."

그러고는 나가면서 그녀는 덧붙이는 것이었다.

"당신은 신사가 아니에요."

나는 그녀를 뒤쫓아가 나가겠다고 말해주고 싶었다. 당장 나가겠다고……. 그러나 두 발자국도 떼기 전에 나는 낭패감에 그만 멈춰섰다. 내가 떠날 수가 없다는 걸 깨달았기 때문이다. 이곳은 제니의 방이었다. 이곳은 그녀가 앉았던 곳, 우리가 함께 식사를 했던 곳이었고 그녀가 되돌아오고 싶어 하던 곳이었다 — 내 어찌 그걸 두고 떠날 수 있으랴! 이 방은 그녀에 대한 추억으로 가득 차 있는 곳이 아니냐.

게다가 — 만약에 내가 이사를 간다면 — 어떻게 그녀는 나를 다시 찾아내겠는가!

나는 점잖게 문을 닫고는 천천히 방으로 다시 돌아왔다. 나는 머물러 있어야만 했다. 나는 지크스 부인에게 내가 한 말을 유감으로 여긴다고 사과해야만 했다. 그것은 상상만 해도 입에 쓴맛이 돌게 했다. 나는 제니의 그림을 집어선 벽쪽으로 돌려놓았다. 나는 당분간 그녀에 대해 생각하고 싶지가 않았다.

그와 마찬가지로 그 밖에 달리 생각할 것도 별로 없었다. 때는 3월 초순이었다. 내가 그녀를 다시 본 것은 4월 초순이 지나서였다. 적어도 지금은 나는 그녀를 보았다는 걸 알고 있다. 그러나 그 당시엔 확신할 수가 없었다. 그건 다만 한순간의 일이었다. 그리고 나는 그녀에게 말을 걸 기회를 갖지도 못했던 것이다.

그것은 화랑에서 헬렌 소이여의 풍경화 한두 점과 함께 제리 판스워드의 작품 몇 점 — 케이프의 풍경, 북 트루로의 교차로, 한 채의 폐가, 그리고 트루로에 연(沿)한 마을을 빠른 속도로 흘러가는 페멧 강의 그림 — 이 진열된 전람회에서의 일이었다. 관람객은 상당히 많아 장내는 무척 붐볐다. 그래서 나는 스피니 양과 이야기를 나누기 위해 화랑 후미에 있는 매튜스 씨의 작은 사무실로 갔다. 그녀는 내 꽃 그림을 좋은 값으로 팔았었다. 그래서 그녀는 사근사근하고 유쾌한 기분이었다.

"애덤즈" 하고 그녀는 내게 인사를 한 뒤 말문을 열었다. "제발 좀 얘기해보세요. 대체 무엇이 화가를 만드는 거죠? 한 사람의 인간이 일생 동안 굶주리며 구멍투성이의 바지를 입고 발가락이 튀어나온 구두를 신고 돌아다니면서도 그가 원하는 모든 것은 여전히 한 야드의 캔버스 위에다 무언가를 칠하는 것이라니. 대체 누가 미친 사람이겠어요? 그하고 우리 중에서? 당신은 요전에 나한테서 가져간 25달러를 가지고 무얼 했죠?"

"써버렸지요." 내가 대답했다.

"과연" 하고 그녀는 수긍했다. "당신이 그걸로 채권을 사리라곤 생각지 않았죠. 다만 어째서 새 윗도리나 구두를 사지 않는 거예요?"

나는 너덜너덜하고 다 쭈그러진 내 구두를 내려다보고는 어깨를 으쓱했다. 대체 그것이 그녀와 무슨 상관이 있는지 알 수 없는 노릇이었다. "글쎄요." 내가 말했다. "한번 닦아보지요. 그러면 아주 근사해 보일 텐데요. 그런 마음을 먹기만 한다면 말이죠."

"밑창이 좀 남아 있기라도 해요?" 그녀는 물었다.

나는 이를 드러내고 싱긋이 웃어 보였다. 그러나 마룻바닥에 발을 단단히 붙이고 있었다. 왜냐하면 대장장이가 말에 편자를 끼우려고 할 때 그렇듯이 그녀가 내 한쪽 발을 들어올릴지도 모른다는 것을 나는 알고 있었기 때문이다. "당신이 그런 것에 마음쓸 줄은 몰랐어요" 하고 나는 낮게 중얼거렸다.

"바보 노릇은 하지 마세요." 그녀는 말했다. 그러나 그녀의 목을 타고 홍조가 천천히 올라오더니 깨끗하고 단단한 턱의 선 위로 퍼져나갔다.

"좋아요" 하고 나는 약간 멍청하게 된 기분으로 말했다. "요 다음엔 한 켤레의 구두에다 돈을 쏟아넣기로 할까."

그녀는 트럭 운전수처럼 내게 마구 욕을 퍼부었다. 그래서 나는 매튜스 씨를 찾으러 나갔다.

처음에 나는 그를 보지 못했다. 그는 문간에서 단골손님의 하나에게 작별 인사를 하고 있었기 때문이다. 그 무렵엔 화랑은 거의 비어 있었고 얼마 안 되는 사람들이 아직도 판스워드의 〈노동 후의 휴식〉 앞에 서 있을 뿐 그 이외엔 커다란 방에 인기척이라곤 없었다. 소이여의 작품들은 문 곁의 먼 구석지에 걸려 있었다. 나는 그쪽을 향해 걸어갔다.

모든 화랑과 마찬가지로 방 자체는 어둠침침하게 조명돼 있을 뿐이었다. 벽에 걸린 그림들은 저들 자신의 빛을 가지고 있어 태양과 바다의, 혹은 아침 하늘과 한낮의 대지와 같은 반사광을 내뿜고 있는 것처럼 보였다. 그 결과 방의 공기 그 자체를 어슴푸레하고 흐릿한 것으로 만들어주었다. 나는 스피니 양이 내 뒤쪽의 사무실에서 나오는 소리를 들었다. 그래서 한순간 뒤를 돌아다봤다. 그러나 거기엔 아무도 없었다. 다시 휘둘러봤을 때 나는 심장의 고동이 멈춘 것 같은 충격을 받았다.

소이여의 그림 앞에 누군가가 있었다 — 세일러복의 블라우스와 거의 발목까지 내려오는 스커트를 입은 젊은 처녀였다. 그녀는 페멧 강의 그림 앞에 마주 서 있었다. 어슴푸레한 빛을 통해 방 건너쪽을 그 정도는 꽤 잘 볼 수 있었다. 그러나 그 이상의 것은 알 수 없었다. 그녀는 두 손을 얼굴에 대고 있었다. 그래서 나는 그녀가 울고 있는 것이라 생각했다.

"제니" 하고 나는 말했다. 혹은 아마도 단지 그렇게 말했다고 생각했을 뿐이었는지도 모른다. 나는 몸을 움직여 그녀에게로 건너가려고 했지만 두 다리는 납덩이처럼 무거웠다. 간신히 한 발짝 떼어놓는 게 내가 할 수 있는 전부였다. 흡사 질풍 속을 가는 것처럼 숨을 쉬려고 헐떡거릴 때 나는 느릿느릿 무겁게 밀려오는 가슴의 파동을 느낄 수 있었다.

그녀는 머리를 들었다. 그리고 한순간 나는 눈물에 젖어 번쩍이는 그녀의 얼굴을 흘끗 보았다. 그리고 나선 — 그녀는 사라졌다. 정말 그렇게 말할 수밖에 없을 만큼 간단한 일이었다. 아마도 그녀는 문을 통해 나갔을 테지 — 나는 모르겠다. 때마침 들어오고 있던 매튜스 씨는 누군가에게 길을 내어주는 듯이 고개를 숙이고 비켜섰다. 아마도 그건 제니였으리라.

그는 방을 가로질러 내게로 왔다. 웃음 띤 얼굴로. 그러나 내 얼굴을 보자 그의 안색이 변했다. "저런, 애덤즈 씨." 그는 고함쳤다. "어찌된 일이오? 앓는 사람 같은데."

나는 머리를 흔들었다. 어떤 말도 할 수가 없었다. 말없이 그를 지나쳐 나는 출입문 쪽으로 비틀거리며 갔다. 그는 얼떨떨해서 내 뒤를 보고 있었다. 대체 무슨 일이 내게 일어났을까 의아해하는 그를 거기 버려둔 채 나는 떠나와버렸다.

거리엔 평소 때의 통행인들이 있을 뿐이었다. 누구 나른 사람이 있으리라곤 기대하지도 않았다.

12

 그해는 봄이 빨리 왔다. 비를 머금은 바람이 4월 말도 되기 전에 불기 시작했다. 어느 날 공원의 풀이 달콤하고 신선한 향기를 풍기고 개똥지빠귀가 몰 가 아래쪽 잔디 위에서 노래를 불렀다. 그때로부터 하늘은 유달리 푸른빛을 나타내고 구름 역시 노르스름한 색조를 띤 유다른 흰빛으로 보였다. 초록이 아니라 노랑이 봄의 참빛깔이다. 새로운 풀, 구름, 몽롱하게 햇빛 가득한 대기, 나무 위에 작은 깃털처럼 붙은 끈적끈적한 싹들 — 이 모든 것이 노오란 색조 — 태양과 땅과 물의 아지랑이와 뒤섞여 있다. 초록은 여름을 위한 색, 그리고 푸른빛은 가을의 색인 것이다.
 도시는 겨울로부터 꿈꾸면서 나타난다. 그 높은 지붕들은 대기 속에 녹아드는 것처럼 보인다. 바람은 저어시를 가로질러 남으로부터 불어온다. 그것은 달콤한 향내를 풍기고 그와 더불어 흙냄새도 싣고 온다. 사람들은 한층 천천히 움직인다. 그 동작 속엔 일종의 부드러움이 감돈다. 그들의 뼈 속에선 아직 추위가 물러가지 않았다. 그들은 볕을 쬐어 따스하게 된다. 낮은 한층 길어지고 그늘도 그리 짙은 것이 아니다. 저녁은 거의 알아챌 수도 없게 내려앉고 저녁의 미광은 오랫동안 남아 있다. 황혼은 평화롭고 저녁의 소리는 고요하고 기분 좋은 것이다. 여름은 바로 앞에 누워 있다. 마음의 여름이. 그것은 바야흐로 다가오고 있다. 그것은 이미 눈에 띈다. 그것은 오는 도중에 있다. 꽃과 해수욕을 싣고서.

여름은 홀로 있기엔 가장 나쁜 계절이다. 대지는 따스하고 매혹적이며 멋대로 쏘다니게 해준다. 그리고 언제나 먼 데 어디엔가엔 두 사람이 오로지 함께 있기만 해도 행복하게 될 수 있는 장소가 있다. 사람이 이 같은 장소를 꿈꾸는 것은 봄철에 있어서이다. 우리는 닥쳐오는 여름을 생각하고 가슴은 벗을 꿈꾸는 것이다.

이제 나는 공원에서 서로 팔을 끼고 천천히 거니는 사람들을 보기 시작했다. 그들은 겨울에 그러듯이 총총걸음이 아니고 서로 느긋하게 이야기를 나누며 잠시 멈추고 서서 애들에게 웃어 보이기도 하고 혹은 호수에 뜬 백조를 보면서 시간을 끌기도 했다. 여름이 되어도 여전히 그들은 함께 있으리라. 그들은 봄을 즐길 수 있었다. 그러나 나에게 봄은 사뭇 달랐다. 나는 언제 제니를 다시 만나게 될지 알 도리가 없었다. 그리고 날이 가면 갈수록 나는 그녀를 더욱더 그리워하게 되었다.

거리(距離)란 것에는 하나의 관념이 있다. 아무리 그것이 멀다 할지라도 그것은 도달할 수가 있다. 그것은 저어기 언덕 저 너머에 있다 ─ 우리는 그리로 자동차를 몰아갈 수 있다 ─ 그것은 북쪽 솔밭 가운데이거나 아니면 바다로 향해 동쪽으로 가면 된다. 그것은 결코 어제도 아니고 내일도 아니다. 그것은 아주 다른 것이고 보다 더 참혹한 거리다. 그리로 통하는 길은 아무 데도 없는 것이다.

그러나 비록 내가 그녀를 만나지 못해 쓸쓸하긴 했어도, 또한 그녀에게 도달할 수는 없었다 해도 내가 전혀 그녀 없이 지낸 것은 아니었다. 왜냐하면 나는 내 기억이 점차 더욱 날카로워졌음을 발견했기 때문이다. 그렇지 않으면 기억이 내게 속임수를 쓰기 시작했던 것이다. 내가 과거 속에 살기 시작했다기보다 오히려 과거가 더욱더 뚜렷하고 실제적인 현재의 형태를 취하고 나의 대낮의 사고 속으로 침투해 들어오기 시작했던 것이다. 반대로 현재는 점차 조금씩 몽롱해져서 나로부터 빠져나가기 시작하는 것처럼 보였다……. 그토록 많은 사물이 내게 그녀를 상기시켰다. 그리하여 나는 너무나 절박하게 추억에 사로잡혀 있었기 때문에 내가 기억한 것은 눈앞에 존재하는 것보다 훨씬 더 현실적인 것처럼 느껴졌다.

다른 사람들이 다가오는 여름을 봄에 앞질러 꿈꿀 적에 나는 거꾸로 과거 속으로 되돌아가 꿈꿨다. 풍경, 음향, 냄새, 이 모든 것이 과거로의 여행에 썩 잘 봉사했다 — 뭔가를 태우는 냄새, 숲의 소리 — 아마도 삽의? — 보도를 따라 긁어대는 소리. 강에서 한 척의 예인선이 울리는 뿌우 하는 기적 소리. 해질 녘 내 방 창문을 통해 떠도는 날카롭고 슬픈 아이들의 목소리는 내게 안개 자욱한 공원의 어느 저녁을 상기시켰다. 그리고 텅 빈 벤치들이 놓여 있는 긴 대로를 따라 나와 나란히 걸어가면서 한쪽 발로 깡충깡충 뛰기도 하고 분필로 표를 해둔 곳을 훌쩍 뛰어넘기도 하던 아이를. "제가 가장 좋아하는 놀이가 뭔지 아세요? 그건 소망 놀이랍니다." 혹은 어느 화창한 날 아침, 보트들이 한가로이 떠도는 호숫가에서 나는 홀연 황홀경에 빠져 꼼짝달싹 않는 자신을 발견하곤 했다. 그럴 때 나는 넘실대는 푸른 물이 아니라 반짝이는 흰 빙판과 스케이터들을 보는 것이었다. 다시금 두 볼을 스치는 차가운 바람을 맛보고, 제니의 팔이 그리도 단단하고 가볍게 내 팔에 엉키는 것을 느끼며…… 또는 오후에 집에 돌아올 때면 그녀가 와 있을지도 모른다는 생각으로 가슴을 두근거리며 서둘러 층계를 올라오곤 했다 — 귀여운 벨벳 옷에 토시를 끼고 나를 만나러 왔던 그녀의 첫 방문을 그리도 선연히 기억하면서. "당신이 절 만나고 싶어 하시리란 생각이 들겠지요" 하고 그녀는 말했지.

　이 같은 것이 그해 초봄의 내 마음의 상태였다 ― 행복도 아니고 불행도 아닌, 그저 꿈꾸면서 기다리는 상태. 나는 그다지 많은 걸 원치는 않았다. 혹은 그다지 많은 걸 희망하지도 않았다 ― 다만 다시 한번 그녀를 보는 것, 그리고 한 번만 더 그녀와 함께 있는 것이었다. 나는 여름에 대해선 애써 생각하지 않으려고 했다. 아니, 정말로 장래에 대해선 전혀 생각지 않았다 ― 어떻게 그럴 수 있었겠는가? 나는 그걸 그녀에게 맡겼다. 과거를 그녀에게 맡겼던 것과 꼭같이. 어째서 우리는 만났을까, 어떻게 해서 그런 일이 일어났을까? 나는 알지 못했다. 지금도 역시 모른다. 다만 나는 우리가 함께 지내게끔 정해져 있었다는 것만을 알고 있을 뿐이다. 그녀의 삶의 실이 나의 그것에 짜넣어져 있었다는 것, 그리고 시간과 세계마저도 우리를 전적으로 떼어놓을 수는 없었다는 것을. 당시는 그랬었다. 영원히 그럴 것이다.

　한 사람의 남자와 한 사람의 여자로 하여금 세상의 다른 모든 남자와 여자 가운데서 저들이 각기 서로에게 속해 있다는 걸 알게 하는 것은 대체 무엇일까? 그것은 우연과 해후 이상의 아무 것도 아닌가? 같은 시대의 같은 세계에서 함께 살고 있다는 것에 지나지 않는가? 그것은 한갓 목의 곡선, 턱의 선, 눈이 붙은 모양, 말하는 방법에 지나지 않는 걸까? 혹은 더욱 깊고 더욱 신비한 무엇, 단순한 만남을 초월한 무엇, 기회와 운(運)을 초월한 그 무엇일까? 현세와 다른 시대에서 내가 그 사람을, 그 사람이 나를 사랑할 다른 사람이 있을 것인가? 아마도 다른 모든 사람들 가운데 — 이 세상의 끝에서 끝까지의 한없는 세대를 살아온 모든 인간의 총체 속에서 — 우리를 사랑하고, 그렇잖으면 죽을 수밖에 없는 단 하나의 영혼이 있을 것인가? 또한 이편에서도 그 사람을 사랑하고 온 생애를 통해 오랫동안 — 죽음에 이르기까지 — 회향병(懷鄕病)을 앓듯 안타깝게 그리며 곤두박질로 찾아가야 할 사람이?

5월쯤 나의 수중엔 전혀 한 푼도 남지 않게 되었다. 그래서 나는 초상화를 매튜스 씨에게 가져갔다. 나는 그걸 내놓기가 싫었지만 달리 어쩔 도리가 없었다. 나는 방세 때문에, 그리고 물감과 캔버스를 구하기 위해 돈이 필요했던 것이다. 나는 알함브라에서의 내 일을 끝마쳤지만 아직도 그곳에서 식사의 일부를 해결하고 있었다. 카운터 위의 피크닉 그림은 고객들을 즐겁게 해준 것 같았다. 그래서 무어 씨는 내가 너무 많이 먹지 않는 한 하루 한 끼 정도의 식사는 무료로 먹어도 개의치 않았다. 실인즉 그는 그림이 든 표지 — 가능하면 그 자신이 입구에 서 있는 레스토랑의 그림을 넣은 — 로 된 호화판 메뉴를 만들 생각을 하고 있었던 것이다. 거스는 그의 자동차를 그 속에 넣어주기를 바랐다. 나는 아무래도 좋았다. 예술가도 어떤 식으로든 간에 먹기 위해 일하는 것이니까.

거스는 그림을 그의 자동차에 실어 상가로 나르도록 날 도와 줬다. 그리고 내가 속임을 당하지 않는 것을 보기 위해 나와 함께 갔다. 우리는 함께 그걸 화랑으로 운반해서 후미에 있는 사무실 테이블 위에 세워놓았다. 그러고 나서 우리는 몇 발짝 물러나와 매튜스 씨가 그걸 보도록 했다.

오랫동안 그는 아무 말도 안 했다. 처음에 나는 그가 실망한 걸로 생각하고 가슴이 덜컥 내려앉았다. 그러나 다음 순간 나는 그가 진심으로부터 대단한 감동을 받았다는 걸 알아챘다. 그는 조금씩 창백하게 되었다. 그의 눈은 처음엔 커다랗게 열리더니 다음엔 가늘어졌다. 그리고 그는 한쪽 손바닥을 다른 쪽 손의 손가락으로 줄곧 치고 있었다. "좋아." 그는 말했다. "훌륭하오."

"훌륭합니다."

나 역시 흥분을 느끼기 시작했다. 그때까진 나 자신 그 그림을 어떤 의미로나 진정으로 비평적인 눈으로 보았는지는 의문이다. 거기 내 방에선 그건 너무나도 나의 일부였던 것이다. 나는 아직도 화필의 움직임을 손가락에 느낄 수 있었다……. 더욱이 그것은 제니였고 그것은 내가 그녀에 관해 지닌 모든 것이었다……. 그러나 여기 화랑에서 매튜스 씨가 그걸 보고 있을 때 그림을 바라보자니 나는 처음으로 내가 이룩한 것이 무엇인가를 깨달을 수 있었다. 그것은 내게 긍지를 느끼게 했고 동시에 나를 겸손하게 만들어주기도 했다.

이윽고 스피니 양도 들어와 우리와 합류했다. 그녀는 잠시 아무 말도 하지 않았다. 그러고 나서 그녀는 긴 숨을 내쉬었다. "좋군요, 애덤즈." 그녀는 이상하게도 부드러운 음성으로 말했다. "바로 이거예요, 근사해요."

매튜스 씨는 목청을 가다듬었다. "그래." 그는 말했다. "바로 이거야. 내가 뜻했던 바가 바로 이거였다구. 이건…… 이건……." 그는 계속할 수 없는 것처럼 보였다. 그를 대신해서 말해준 것은 거스였다. "이 애는 꿀이야, 맥." 그는 말했다. "흠잡을 데라곤 도무지 없거든."

그리고 스피니 양에게로 돌아서더니 수월한 어조로 그는 덧붙였다.

"이 사람을 올바르게 대우해줘요, 부인. 제 친구니까요."

"명심하겠어요" 하고 스피니 양은 말했다.

그녀와 매튜스 씨는 의논하기 위해 나갔다. 그러자 거스는 내게 바짝 다가서서 팔꿈치로 나를 쿡쿡 찔렀다. "마음에 든 모양이야, 맥." 그는 속삭였다.

"그래요." 나는 말했다. "나도 그렇게 생각해요."

"자, 저들에게 너무 얕보이지 말게." 그는 말했다. "50 요구하게나, 당장."

"그 배의 가치는 있어요." 내가 말했다.

거스는 턱을 떨어뜨렸다. "아니" 하고 그는 목멘 소리를 냈다.

"그래 보게. 나는 믿어지지 않네만."

매튜스 씨와 스피니 양은 엄숙한 기색으로 되돌아왔다. 그리고 매튜스 씨는 장사에 착수했다. "애덤즈 씨." 그는 말을 끄집어냈다.

"왜 이렇게 형식적으로 나오세요?" 스피니 양이 말했다. "이 인 가족의 한 사람이잖아요."

"좋아, 그럼 — 이벤" 하고 매튜스 씨는 침을 꿀꺽 삼키며 말했다. "나는 내 감정을 당신에게 숨기지 않겠소. 당신은 나를 굉장히 놀라게 했소. 나는 대단한 감동을 받았어요. 이 그림은……그래요…… 걸작이란 말을 쓰고 싶진 않지만, 그러나 그와 꼭 같은 것입니다……."

"계속하세요, 헨리." 스피니 양이 말했다. "그래" 하고 매튜스 씨는 서둘러 말했다. "완전해요. 문제는 우리가 이걸 사고자 하지 않는다는 점이오. 아니." 내가 얼굴을 떨어뜨리는 것을 보자 그는 손을 치켜들면서 말했다 — "그건 당신이 생각하시는 이유 때문이 아니오. 까닭인즉 정직하게 말해서 이것이 얼마만 한 값어치가 있는지 모르겠단 말이오."

"좋습니다." 내가 말했다. "당신은 얼마만 한 가치가 있다고 생각하세요?"

"그건 누가 그걸 사느냐에 달린 것이죠" 하고 그는 대답했다. "개인 수집가를 상대로 해선 지금 시장 형편이 그리 좋지 않아요. 하지만 만약 미술관에서 사겠다고 한다면…….."

"그렇다면?" 내가 말했다.

"1,000달러 이상은 받을 수 있을 거요" 하고 그가 말했다.

나는 거스가 내 곁에서 침을 꿀꺽 삼키는 소리를 들었다. "내가 원하는 것은" 하고 매튜스 씨는 계속했다. "우리가 바라는 바는 — 저걸 위탁판매로 맡겨두고 우리가 할 수 있는 최선을 다하는 것이지요. 그래 우선 선금으로서 —" 그는 신경질적으로 목청을 가다듬었다. "선금으로서 200달러 드릴 수 있습니다…….."

"헨리." 스피니 양이 험악하게 말했다.

"300달러" 하고 매튜스 씨는 불행한 어조로 수정했다.

그때 거스는 다시 입을 뗄 수 있게 되었다. "받아두게, 맥." 그는 목쉰 소리로 말했다. 그러고는 나를 쿡쿡 찔렀다.

나는 그의 자동차로 집으로 돌아왔다. 쿠션에 깊숙이 기대어 나의 도시를 자랑스레 바라보면서. 그리고 그 도시는 나의 시선에 환희로써 응답해주는 것처럼 보였다. 눈앞의 열린 창을 통해 나는 거스의 뒤통수를 볼 수 있었다. 나는 그가 미터기 위에 기(旗)를 접어놓은 걸 눈치챘다. 또한 미터기가 째깍째깍 돌아가고 있다는 것도. 좋아, 안 그럴 게 뭐람? 나는 부자였다. 그러나 그렇다 할지라도 나는 놀랐다. 또한 거스가 아무 말도 않고 있는 것도 나를 놀라게 했다. 그의 침묵은 부자연스러웠다. 그것은 그에게 어울리지 않는 것이었다.

그는 나를 집 앞에서 내려주고는 한마디 말도 없이 요금을 받았다. 나를 도와준 데 대해 사례하려고 하자 그는 시선을 돌렸다. "잊어버리게나." 그는 말했다. "그건 중요하지 않아."

그는 핸들에서 두 손을 떼고는 무기력하게 그걸 빤히 들여다봤다. 마치 어떤 식으로든 간에 그의 손이 자기를 실망시키기라도 했다는 듯이. 그러고는 그는 두 손을 떨어뜨렸다.

"자넬 위해선 아무 일도 못해줬군그래, 맥." 그는 말했다. "참말일세."

13

 이튿날 아침 일찍 화창한 봄날의 햇빛 속에서 제니는 내게로 돌아왔다. 내가 홀에서 나는 그녀의 목소리를 듣고 간신히 윗도리 속에 몸을 비끄러넣을 새도 없이 그녀는 계단을 올라와 문간에 들어와 있었다. 손에는 자그마한 슈트케이스를 들고 있었다. 그녀는 그걸 문간 바로 안쪽에 내려놓고는 날 듯이 방을 가로질러와 내게 입을 맞추었다.

 그것은 세상에서도 가장 당연한 일이었다. 우리는 팔을 양껏 뻗쳐 서로를 부둥켜안은 채 미소를 띠며 아무 말도 않고서 서로를 바라봤다. 우리는 말을 할 수가 없었다······. 온통 햇빛 가득한, 달콤한 향내 풍기는 봄날 아침이 그녀와 함께 날아들었다.

 그녀는 한층 나이가 들어 보였다 — 나는 대번에 그걸 알 수 있었다. 이제는 젊은 숙녀였다. 여행복에 몸을 감싸고 — 장갑까지 끼고 있었다. 그녀는 가쁜 숨을 몰아쉬었다. 그러나 그건 단지 층층대를 달려 올라왔기 때문에, 혹은 행복에 숨이 막혔기 때문이었다. 그녀의 갈색 눈은 내 얼굴을 유심히 들여다보면서 결코 주춤거리지 않았다. 나는 깊은 숨을 들이마셨다. "제니." 나는 말했다. "네가 그리웠어."

"알고 있어요." 그녀는 말했다. "저 역시 당신을 그리워한걸요. 무척 오래됐거든요." 그녀는 갑자기 두 손을 정중하게 내 손에서 빼냈다. "이젠 학교엔 나가지 않아요." 그녀는 말했다. "알아." 나는 말했다. "그럴 테지."

그녀는 발꿈치로 천천히 돌아 단순한 기쁨을 가지고 방을 휘둘러봤다. "얼마나 여기를 꿈에 보았는지 몰라요, 이벤." 그녀는 말했다. "말할 수 없을 정도예요. 이 방을 생각하면서 몇 날 밤을 뜬눈으로 새웠던지……."

"알겠어." 나는 말했다.

"아시겠어요?" 그녀는 부드럽게 말했다. "아니, 모르실 거예요."

그녀는 사방을 둘러보면서 거기 서 있었다. 그리고 천천히 장갑을 벗었다. 나 역시 방 안을 둘러보았다. 그리고 방이 좀 더 정리돼 있었으면 좋았을걸, 하고 생각했다. 나는 침대를 다소나마 반반하게 펴기 위해 그쪽으로 걸어갔다. 그러나 그녀는 제지했다. "그만 두세요." 그녀는 말했다. "손대지 마세요. 제가 어렸을 때 얼마나 당신을 위해 방을 한 번 정돈하고 싶어 했던가를 기억하시죠? 이제 그걸 제가 하도록 해주세요. 그리고 커피가 어디 있는가를 가르쳐주세요. 가엾은 이벤 — 제가 당신을 너무 일찍 깨웠나 봐요. 가서 옷을 입으세요. 그리고 나서 함께 조반을 들기로 해요. 그리고 여태까지의 모든 일을 죄다 얘기해드릴게요."

"하지만, 제니." 나는 말했다. "만약에 시간이 별로 없다면……."

"온 하루 담뿍 있어요." 그녀는 숨 쉴 새도 없이 말했다. "그리고도 — 약간 더."

나는 세면실로 가려고 홀로 내려갔다. 그리고 하고 싶은 대로 방을 정돈하도록 제니를 혼자 놔뒀다. 나는 지크스 부인이 아래쪽 층계참에 서 있는 걸 본 것 같이 생각했지만 그녀에게 별로 주의하지도 않았다. 나는 너무나 행복했고 날씨는 너무나 매혹적이었다……. 온 하루 담뿍과 그리고 약간 더. 대체 그건 무슨 의미일까 — 약간 더라는 건? 면도를 하면서 나는 두 번이나 베었다.

제니는 이미 침대를 꾸미는 법과 커피를 끓이는 법을 터득하고 있었다. 방으로 돌아왔을 때 나는 겨우 내 방을 알아보았을 정도였다. 나의 작업대 위엔 깨끗한 타월이 놓여 있었다. 그리고 두 개의 찻잔 — 그중 하나는 손잡이가 떨어져나간 것이었다 — 과 커피포트가 나란히 얹혀 있었다. 내가 창턱에 놓아뒀던 버터 한 덩이와 그리고 그녀가 가스 버너 위에 포크를 놓고 구워낸 몇 조각의 빵도 곁들여. 공기 속에는 좋은 향내가 나고 있었다. 우리는 손에 손을 맞잡고 같이 자리에 앉아 아침 식사를 시작했다. 나는 그녀에게 그 그림 얘기를 해주었다. 그랬더니 그녀의 손가락이 내 손가락을 꽉 거머쥐었다. "어머나, 굉장하네요." 그녀는 외쳤다. "근사해요, 이벤. 행복하지 않으세요?"

그녀는 무언가를 생각하면서 한동안 침묵을 지켰다. "이벤." 마침내 그녀는 입을 뗐다. "뭔가 특별한 걸 하기로 해요 — 네? 축하로 말이에요. 왜냐하면 사실은 전 당신과 아주 오래 함께 있지는 못하기 때문이에요. 아시겠어요…… 전 해외에 나가 있게 돼요……. 프랑스에…… 피니싱 스쿨*에 들어가요……. 2년 동안 말이에요."

"제니." 하는 소리를 질렀다.

"알고 있어요." 그녀는 재빨리 말했다. "전 가고 싶지 않아요. 하지만 가야만 할 것 같아요. 그리고 어쨌든 — 그리 오래 걸릴 것 같지도 않구요. 그리고 난 다음엔……."

"그러고 나서?" 나는 물었다.

"전 서두를 작정이에요." 그녀는 열성적으로 말했다. "그러고 나면 어느 날 전 당신처럼 나이를 먹게 될 테죠."

"나는 스물여덟이야, 제니." 나는 엄숙하게 말했다. 그녀는 고

---

* 젊은 여성이 사교계에 나가기 위한 최종 교육을 받는 곳

개를 끄덕거렸다.

"알고 있어요." 그녀는 대답했다. "저도 그렇게 될 거예요…… 그때가 되면."

"하지만 네가 프랑스에서 돌아왔을 때는 아니겠지" 하고 내가 말했다.

"그럼요." 그녀는 동의했다. "그러고 나서도 오랜 시간을 지나고 나서요."

그녀는 내 손을 꽉 쥐었다. "하지만 전 서두를 작정이에요." 그녀는 말했다. "서둘러야만 해요."

한순간 그녀는 생각에 정신을 잃고 있는 것 같았다. 고개를 숙이고 두 눈은 긴 속눈썹 밑에 감춘 채. 이윽고 그녀는 몸을 일으키더니 생긋 웃으며 자세를 가다듬었다. "피크닉을 가요, 이벤." 그녀는 말했다. "어디든지 시골로 — 하루 온종일 — 그런 일은 전에는 한 번도 해보지 않았잖아요."

전에는 한 번도 해보지 않은 어떤 일 — 마치 우리가 가지각색 일을 아주 많이 해봤다는 듯이. 그러나 그녀는 나를 설복시키려고 애쓸 필요는 없었다. 시골에서 온종일 따스한 봄날의 기후 속에서, 함께……. "그러지." 나는 말했다. "그렇게 하고말고. 그거야말로 우리가 할 일이야." 그녀는 내가 커피를 다 마실 때까지 거의 기다릴 수도 없었다. 우리는 허둥지둥 계단을 내려가 손에 손을 잡고 거리로 나갔다. 그러자 햇살 가득한 눈부신 아침이 흡사 한아름 꽃다발인 양 우리 위로 떨어져내렸다.

거스는 길 모퉁이에 있는 그의 차 속에 있었다. 내가 제니와 함께인 것을 보자 그는 모자를 벗고 깜짝 놀란 시선으로 쳐다봤다. 나는 그가 제니를 실재하는 인물로 생각했다고는 믿지 않는다. 더욱이 그녀를 보게 되리라곤 기대하지도 않았으리라. 나는 자동차로 다가가 문을 열었다. "거스." 나는 말했다. "우린 피크닉을 갈 참이에요. 하루 종일 시골에 가서 지낼 작정인데…… 어디엔가…… 어디든지. 우릴 좀 데려다줬음 좋겠어요. 얼마 내면 될까요?"

그는 손에 든 모자를 비꼬아쥐고는 애써 웃음을 지으려 했다. 그는 무언가 목에 걸려 웃는 데 힘이 드는 것처럼 보였다. "그럼 말일세, 맥." 그는 말했다. "그럼, 맥……."

"얼마라도 상관없어요." 나는 말했다. 그리고 제니를 도와 차에 태웠다.

만약에 내가 좋아하는 일을 할 수 없다면 부자가 되는 것이 무슨 소용이랴?

거스는 한두 번 뒤를 돌아다봤다. 마치 우리가 정말로 거기 있는가를 확인하려는 듯이. "그럼 사실이로군" 하고 마침내 그는 말했다. 내게라기보다 차라리 자기 자신에게 — 또한 일종의 외경감(畏敬感)을 가지고. "그럼 — ."

"가고 싶은 곳이 어디지, 맥?"

나는 손을 들어 그에게 앞쪽을 가리켰다. "녹음이 있는 곳이라면 아무 데나." 나는 말했다. "시골이라면 어디라도."

우리가 간 곳이 어디였는지 나는 모른다. 그러나 그곳은 초록빛이었고 매혹적이었다. 시의 북쪽 어느 곳 — 아마도 웨스트체스터였을 게다. 그곳에 닿는 데 거의 1시간이 걸렸다. 우리는 길가에 차를 버려두고 울타리를 기어올라 암소 한 마리가 서 있는 들판을 가로질러 달려갔다. 암소는 우리를 기들떠보지도 않았다. 우리는 수목들 가운데 있는 작은 언덕을 기어 올라갔다. 제니는 볼이 발갛게 물들고 가쁜 숨을 내쉬었다. 그리고 함빡 웃음을 머금고 있었다. 그녀와 나는 앞서 달렸고 거스는 우리를 뒤따라왔다.

정오에 우리는 자그마한 숲 근처의 목초지 가장자리에 있는, 햇빛으로 따스해진 돌담 위에 모두 함께 앉았다. 풀밭 속엔 노오란 민들레가 피어 있고 공기는 꿀처럼 달콤했다. 우리는 약간의 샌드위치를 — 제니를 위하여는 상추와 빵을, 거스와 나를 위해선 소시지를 지니고 왔었다. 우리는 샌드위치를 먹고 깡통에 든 약간의 맥주를 마셨다. 그것은 제니가 맛본 최초의 맥주였다. 그녀는 그걸 좋아하지 않았다. 맛이 쓰다고 그녀는 말했다.

이야기는 거스와 제니가 대부분 도맡아 했다. 그는 자기가 한때 그녀를 찾으려고 얼마나 애썼던가를 그녀에게 말했다. 또한 그림을 파는 데 나를 도와줬다는 것도. 그리고 그녀는 부디 나를 잘 돌봐주고 아무 일도 일어나지 않도록 해달라고 그에게 말했다. 나는 그리 많이 얘기하지 않았다. 나는 햇빛 속에서 졸음이 오는 걸 느꼈다. 그리고 아르네도 함께 왔더라면 좋았을걸 하고 줄곧 생각하고 있었다. 나는 우리 모두가 함께 있게 될 그날은 어떠할까, 하고 연방 생각하고 있었다.

제니는 내 어깨에 머리를 기대고 나와 나란히 담 위에 앉아 있었다. 그녀는 머리에 노오란 민들레 꽃을 꽂고 있었는데 그것이 신선한 잡초의 향기를 풍겼다. 하늘은 개똥지빠귀의 알처럼 파랬다. 나는 숲 속에서 한 마리의 새가 노래하는 소리를 들었다. 나는 행복했다 ─ 이전의 어느 때보다 행복했고 이후의 어느 때보다 행복했다.

거스는 점심을 먹은 뒤 우리를 남겨놓고 낮잠을 자기 위해 차로 돌아갔다. 그러자 제니 역시 점차 말이 없어지고 꿈꾸는 상태로, 만족스럽게 내게 기대어 쉬고 있었다. 이윽고 나는 그녀가 움직거리는 기척을 느꼈다. 그리고 고르지 않은, 긴 숨을 들이쉬는 것도. "뭘 생각하고 있어, 제니?" 내가 물었다.

그녀는 천천히 정다운 목소리로 대답했다. "이 세계가 얼마나 아름다운가를 생각하고 있어요, 이벤. 그리고 얼마나 그것이 아름답게 유지되는가를…… 우리에게 어떤 일이 일어나든 상관없이 말이에요. 봄은 해마다 어김없이 찾아와요. 우리를 위해서도, 이집트를 위해서도. 태양은 한결같이 초록의 매혹적인 하늘 속에 떨어지고, 새들은 노래 불러요……. 우리를 위해, 혹은 어제를 위해…… 또는 내일을 위해서. 세계는 정녕코 아름다움 이외의 어떤 것을 위해서도 만들어지지 않았어요, 이벤— 우리가 현재에 살든, 먼 옛날에 살았든 간에 말예요."

"내일이라고." 나는 말했다. "하지만 내일이란 대체 언제지, 제니?"

"그게 문젠가요?" 그녀는 물었다. "그건 항상이에요. 오늘은 내일이었어요 — 한 번은."

"절 결코 잊지 않겠다고 약속하세요."

나는 부드러운 목소리로 읊었다.

어디서 내가 왔을까
아무도 모르네
그래도 내가 가고 있는 곳으로
모든 것이 가네.

그녀는 놀라움에 젖은 가느다란 외침과 함께 그 다음을 이어 받았다.

바람은 불고
바다는 흘러

그리고 하나님은 아신다네.

"전 '그분'은 알고 계신다고 생각해요, 이벤." 그녀는 말했다.

그러고는 신뢰에 찬, 천진난만한 태도로 내 입술을 향해 자기 입술을 들어올렸다.

그 뒤 우리는 양치(羊齒) 무리와 이끼를 밟으며 나뭇가지의 그림자를 뚫고 희미한 녹색 숲을 거닐었다. 우리는 작은 시내를 찾아냈다. 그리고 잎사귀 틈에 몸을 숨긴 오랑캐꽃들도. 제니는 그것들을 꺾기 위해 발을 멈추었다. 그러고는 집에 가져가려고 자그마한 꽃다발을 만들었다. "오늘을 기념하기 위한 거예요." 그녀는 말했다.

해는 서쪽으로 지기 시작했고, 그림자들이 우리 주위에 떨어졌다. 점차 으스스해졌다. 우리는 발길을 돌려 집으로 향했다.

14장

　나는 정녕코 행복한 하루를 가져보았다. 또한 나는 그날을 결코 잊지 않을 것이다. 그 비참한 결말조차도 나의 추억 속에 깃든 본질을 변하게 할 수는 없다. 왜냐하면 제니와 내가 한 일은 무엇이나 다 좋은 것이었고 불행은 오로지 외부로부터 왔기 때문이다. 연인들이나 친구들이라 한들 이렇게 말할 수 있는 사람은 그리 많지 않다. 왜냐하면 친구들과 연인들은 오히려 낯선 사람들끼리보다 쉽사리 상처를 입게 되기 마련이기 때문이다. 세계에다 그 자신을 여는 가슴은 슬픔에다 그 자신을 여는 것이다.
　제니가 그날 밤 어디서 묵어야 하느냐의 문제에 대해 우리가 이야기했다고는 생각되지 않는다. 그녀는 아침이면 배를 타고 떠나기로 돼 있었다. (모리태니아 호로, 라고 그녀가 말했던 걸로 기억한다 — 이 옛날 이름을 다시 한번 듣는다는 것이 얼마나 이상했던지) 그래서 우리는 둘 다 그때까지는 함께 지내는 걸 당연한 일로 생각했던 것 같다.

우리는 알함브라의 카운터 근처 조그만 테이블에서 저녁을 먹었는데 거기서 그녀는 나의 벽화를 볼 수 있었다. 그런 다음 우리는 고요한 저녁 속을 걸어 함께 집으로 돌아왔다. 날씨는 차고 공기는 평온하며 초록빛 서쪽 하늘엔 저녁별이 흡사 도시 위의 각등처럼 걸려 있었다.

이러한 것이 내가 스스로를 위안하는 정경이며 추억이다. 봄은 해마다 어김없이 찾아온다고 그녀는 말했다. 그리고 내일은 언제나 있는 것이라고. 그리하여 마침내 내일이란 것이 더 이상 있지 않았을 때 나는 어제를 회상했다. 어제도 마찬가지로 항상 있는 것이다.

내가 그녀를 보았다고 생각한 바로 그 전람회 날 그녀는 화랑에 있었다고 말했다. 그리고 그녀가 울고 있었던 것도 사실이었다. "왜 그랬는지는 모르겠어요" 하고 그녀는 말했다. "그건 강을 그린 그림이었는데 건너편 기슭엔 자그마한 언덕이 가로놓여 있었어요 — 페멧이란 이름이었어요. 그러자 갑자기 저는 그곳이 제가 아는 곳이고 슬픈 장소라는 걸 느꼈어요 — 그리고 어느새 전 울고 있었어요. 당신한테 가고 싶었지만 그럴 수가 없었어요. 전 돌아가야만 했거든요. 한동안 저는 불행했더랬어요. 그리고 나선 잊어버렸어요."

그녀는 내 손 안에 자기 손을 밀어넣었다. 그 손은 약간 떨고 있었다. "물으시는 게 유감이에요." 그녀는 말했다. "그때 일을 기억하고 싶지 않거든요."

나는 그녀의 손을 뒤집어선 어루만져주었다. "그건 아주 재미있는 작은 강이라구, 제니." 나는 말했다. "게다가 전혀 슬픈 곳이 아니야. 그건 만(灣)에서부터 흘러온 것이고 그리 깊지도 않아요. 애들이 거기서 놀고 밤이면 갈대숲에서 알락해오라기들이 울어대지. 그리고 썰물 때면 모두들 나가서 대합조개를 파내는 걸."

그녀는 불확실하게 미소지었다. "알겠어요." 그녀는 말했다. "제가 바보인 게죠. 이제 그 이야긴 그만해요. 그 대신 저한테 파리에 대한 얘기를 해주세요 — 당신은 그곳에 계셨더랬죠…… 안 그래요? 그렇게 매혹적인 곳이에요? 저희 학교는 빠씨에 있는데…… 당신이 계시던 곳 근처예요? 무엇을 보고 무얼 하면 좋은가를 제게 얘기해주세요 — 그래서 우리가 언젠가 함께 그 모든 걸 졸업해버릴 수 있도록 말이에요……."

우리는 침대 가에 걸터앉아 오랫동안 얘기했다. 나는 아르네에 대한 이야기를 해주었다. 또한 뒤포아의 아틀리에에 대해서, 때때로 돈이 있을 때면 곧잘 가곤 하던 끌로 데 릴라와 돈이 떨어졌을 때 찾아가던 바크 가의 초라한 선술집에 대해서도. 그녀는 그 모든 걸 눈앞에 그려보며 굶주린 듯이 탐욕스레 귀를 기울였다. "오, 이벤." 그녀는 말했다. "그건 퍽 재미있겠는데요."

우리는 같이 할 일에 대한 계획을 세우기까지 했다. 나는 내 친구 중의 하나가 살았던 생 루이 섬 위의 방을 기억하고 있었다. — 세느 강 위로 우뚝 솟아나 보이는 배의 이물처럼 생긴 방으로 강물이 양쪽 창 아래로 흘러들고 있는 곳이었다. 나는 그녀를 뤽셍부르로 데려갈 것을 약속했다. 또한 마리니에르 부두와 뉴이이의 장날에도 — 나는 바스티유의 날에 피갈 광장에서 그녀와 춤추겠다고 약속했다 — 봄에는 그녀를 생 클루의 숲으로 데려가 나무 아래서 새 포도주를 마시겠다는 것도. "건 참 재미있겠네요." 그녀는 말했다.

지크스 부인이 방문을 노크했을 때는 밤이 으슥해서였다. 나는 그 소리를 평생 기억하리라고 생각한다. 죽음이 종국에 찾아올 때도 필시 그런 소리를 낼 것이라고 믿는다.

문이 열리기 전에 이미 나는 무슨 일이 일어날 것인가를 알고 있었다는 생각이 든다. 그녀는 조용하고 냉랭한 자태로 문간에 버티고 서 있었다. 언제나와 같이 두 손을 배 위에서 맞잡은 채. "오, 안 돼요." 그녀는 말했다. "안 돼요. 제 집에선 안 돼요. 밤에는 그럴 수 없어요. 만사엔 한계가 있는 법이에요. 친구들이여, 나는 한평생 점잖게 살아왔어요. 그리고 그걸 지켜나갈 생각이에요."

그러고는 바르르 떠는 흰 손가락으로 제니를 가리키며 갑자기 고함을 쳤다.

"나가요."

나는 너무나 놀라 말도 할 수 없었다. 내장이 얼어붙는 느낌이었다. 더욱이 그건 옳은 처사였는지도 모른다. 내가 했을는지도 모르는 일에 대해 그 밖에 달리는 말할 길이 없었을 테니까. 제니는 흡사 꿈속에서인 양 침대에서 천천히 일어났다. 그녀는 소스라치게 놀란 얼굴을 내게서 돌려버렸다. 자기가 얼마나 수치감을 느끼고 있는가를 내가 보지 못하도록 그녀는 코트와 모자를 놔둔 의자 쪽으로 조용히 걸어갔다.

"미안해요, 이벤." 그녀는 더듬거렸다. "미처 생각지 못했어요……."

"나가요." 지크스 부인이 말했다.

그때야 나는 목소리를 되찾았다.

"닥쳐요" 하고 나는 그녀에게 소리쳤다. 그리고 제니에게도. "듣지 말아요…… 저런 여자의 말은 듣지도 말아요."

그러나 제니는 머리를 저었다. "아니에요." 그녀는 말했다. "안 돼요 — 이젠 너무 늦었어요. 이미 듣고 만걸요. 돌이킬 수는 없는 거예요."

그녀는 모자와 코트를 집어들고는 몸을 구부려 아침에 자기가 창 곁에 놓아뒀던 자그마한 여행 가방을 집어올렸다. 지크스 부인은 그녀에게 길을 내어주느라 옆으로 물러났다. 제니는 그녀를 거들떠보지도 않고 그 곁을 지나갔다. 그러나 그녀는 문간에서 돌아서더니 나를 바라봤다. 그다지도 동경과 사랑과 신뢰에 넘치는 시선이었기 때문에 그것은 한순간 내 볼에 놓인 손과도 같았다. 그녀의 뒤를 쫓아 달려나가려는 나를 제지한 것은 다른 무엇보다 그 시선이었다.

"안녕히 계세요, 이벤." 그녀는 또박또박 말했다. "어느 날엔가 다시 돌아오겠어요 — 하지만 이와 같이는 아니에요. 결코 다시는 이와 같이는 아니에요. 언제까지나 함께 있을 수 있을 때까지는 돌아오지 않겠어요."

지크스 부인은 그녀가 가는 것을 지켜봤다. 그녀는 층계를 내려가는 제니를 뒤쫓아갔다. 나는 계단을 내려가는 그녀의 발자국 소리가 점차로 희미해져서 사라지는 여운을 들었다.

15

 그 일이 있고 난 뒤 나는 지크스 부인의 집을 나와버렸다. 그리고 여름이 그리 멀지 않았으므로 나는 곧장 케이프에 있는 아르네한테 가서 함께 지내기로 작정했다. 매튜스 씨와 스피니 양은 마치 오래된 친구처럼 내게 작별을 고했다. 매튜스 씨는 프롬크스의 것이었던 접는 식의 작은 이젤을 내게 주었으며 스피니 양은 — 그녀의 표현에 의하면, 손가락이 안개에 젖지 않도록 하기 위해 — 브랜디 한 병을 주었다. "나는 다른 꽃 그림을 원해요." 그녀는 분명히 말했다. "폭 2.5에 길이 4짜리로요. 그리고 교회도. 나는 교회를 좋아하는 축이랍니다. 커다란 뾰죽탑을 가진 자그마한 흰 교회를요. 그럼 안녕히 가세요. 하나님의 축복이 있기를. 바다에 빠지질랑 마세요."

"뭣 때문에 내가 물에 빠져 죽기를 바라겠어요?" 나는 물었다.

"모르겠어요." 그녀는 대답했다. "인간이란 어떤 일도 저지를 만큼 충분히 어리석으니까요. 개인적으로는 나는 바다를 신뢰하지 않아요. 나 같으면 50마일 이상은 나가지 않을 거예요."

"단단하시군요." 나는 말했다. "바다도 당신을 붙들지는 못할 걸요."

그녀는 기묘한 표정으로 나를 봤다. 나는 그녀의 턱 위로 붉은 기가 올라오기 시작하는 걸 보았다. "쉽사리 빠지는 사람은 단단한 축들이죠" 하고 그녀는 말하고는 외면을 했다.

매튜스 씨는 나를 문까지 배웅했다. 그는 바싹 다가서서 이따금 내 등을 토닥거렸다. "잘 가요, 젊은이." 그는 말했다. "잘 가요. 찾아와줘서 반갑소. 함께 큰일을 해봅시다. 당신은 휴식할 여유가 생겼으니 이제 그걸 즐겨요. 하지만 기억해두구려 — 풍경은 안 돼요. 모래언덕 따위는 이스트우드에 내버려둬요."

"전 어부들을 그리고 싶어요." 나는 말했다.

"어부들이라." 그는 의심스럽다는 듯이 되받았다. "그래서……."

"이른 아침의 그물 장면 말예요" 하고 나는 말했다. "그물 속엔 고기들이 버둥거리고."

매튜스 씨는 우울하게 나를 쳐다봤다. "들어봐요." 그는 말했다. "고기 따윈 얼마든지 있어요."

그는 무겁게 한숨을 쉬었다. "하지만 여자들은 충분치 않단 말이오" 하고 그는 덧붙였다.

거스는 나를 역까지 태워다줬다. "몸조심하게나, 맥." 그는 말했다. "내가 할 것 같지 않은 일은 어떤 일이든지 하지 말게." 나는 제니의 오랑캐꽃을 종이곽 속에 넣어 호주머니 속에 지니고 있었다. 그것은 이젠 시들었으나 아직도 약간의 향기를 품고 있었다. 물감과 캔버스와 이젤이 한 뭉치가 되고 옷 등속이 또 한 뭉치가 되었다. 기차는 한밤중에 떠나는 것이라 우리가 역으로 차를 몰았을 땐 커다란 사무용 빌딩들은 캄캄했다. 나는 어떻게 제니가 불과 하루 전에 나와 함께 이 차 속에 앉아 있었을까를 줄곧 생각하고 있었다.

나는 그녀를 다시 만나게 되리라는 걸 알고 있었고 거스에게도 그렇게 말했다. "아무렴" 하고 그는 말했다. "물론이지. 못 만날 리가 있겠어? 이 세상에선 지나치게 현명하게 되고 싶진 않겠지, 맥. 왜냐하면 언제나 자네가 예상하지도 않는 일이 일어나는 법이니까 말일세. 자, 우리 동포들을 보게나……. 그들은 이집트에서 빠져나올 작정은 아니었다네. 그럼에도 그들은 보기좋게 빠져나왔거든. 그건 왜? 그러므로 그들은 바이블을 쓸 수 있었던 걸세."

"그들은 짐작할 수도 없었던 일이지."

"짐작할 필요가 없었던 거죠." 나는 말했다.

"알고 있네." 거스는 말했다. "'누군가'가 저들에게 말해줬다는 거겠지. 좋아 — 그럼 '그분'이 그들에게 얘기해준 게 뭐였지? 그거야말로 내가 알고 싶은 점일세."

"그 점은 '그분'이 분명히 해두었다고 생각하는데요" 하고 나는 말했다.

"내겐 확실하지 않아." 거스가 말했다. "나는 아직도 그걸 이해해보려고 노력하고 있는 중일세. 그리고 내가 상상하는 방법은 이런 식이라네 — 그것이 무엇이었든 간에 그것은 복된 소식이었다는 것, 왜냐하면 우리가 알고 있는 것이 이 세상의 전부라는 생각만이 유일하게 나쁜 소식일 것이기 때문일세."

나는 찻값을 치르려고 돈을 끄집어내기 시작했다. 그러나 그는 손을 저으며 물리쳤다. "그냥 두게나." 그는 말했다. "기를 내리지 않았다네. 자네한텐 어지간히 신세를 졌네그려."

"잘 있어요, 거스." 나는 말했다. "가을엔 만나러 오겠어요."

"아무렴." 그는 동의했다. "엽서나 보내주게."

나는 백을 집어들기 전에 한순간 망설였다. "당신은 하나님이 내게 무언가 고해주시려 한다고 생각하세요?" 나는 물었다. 거지반 진지하게.

"그게 '그분'에겐 어울리지 않는 일이라고 생각하진 않네."

"하지만 어떻게요?" 나는 소리쳤다.

그는 고개를 저었다. "모르겠는걸." 그는 말했다.

이튿날 오후에 나는 프로빈스타운으로 내려갔다. 부르네 다리를 건너, 관목소나무와 양골담초의 볕에 젖은, 따스한 향기를 들이마시는 순간 나는 옛날 여름의 평화가 내 속으로 흘러드는 걸 느꼈다. 라일락은 야마우드의 구내와 문간까지 나와 있고, 브류스터에선 물배나무와 야생 오얏이 백설처럼 흰 꽃을 활짝 피우고 있었다. 웰플리트의 늪들은 온통 은빛 어린 녹색이었다. 그리고 트루로 저 너머엔 고요히 반짝이는 파랑새의 날개보다 더욱 푸른 만이 보였다. 멀리 지평선 위로 뚜렷하고도 검은 풀리마우스의 모습과 더불어.

아르네는 나를 기다리고 있었다. 그는 푸르타도의 보트장 근처, 도시의 서쪽 끝에 방을 얻어놓았다. 그래서 그는 청소를 하고 정착하기 위해 나를 그리로 데리고 갔다. 나는 창가로 가서 깊은 숨과 함께 과거를 빨아들였다. 얼마나 잘 나는 그걸 기억하고 있었던가. 바다로부터는 해초 냄새에 섞여 비린내가 떠올라왔다. 갈매기가 항구에서 선회하며 울어대고. 그리고 아래쪽 해변에선 마뉴엘이 새우잡이 배의 흰 선체를 망치질하고 있었다. 스쿠너 선(船) 메어리 P. 굴라트 호가 대부분이 고기잡이 배들인 선단(船團)에 끼여 입항중이었다. 그리고 나는 존 워싱턴의 다랑어잡이 배인 보케이지 호가 뱃머리에서 작은 포말들을 차내며 북 트루로의 어장으로부터 푸른 물을 가로질러 칙칙폭폭 소리를 내며 오고 있는 것을 보았다. 서서히, 평화롭게 하늘과 물은 깊어갔다. 해는 피크드 힐 모래톱 위로 떨어졌다. 그리고 루비 빛의 불이 우드 엔드에 켜지고, 하얀 등불이 포인트 위에 밝혀졌다.

우리는 다이어의 철물점과 페이지의 차고를 지나 우체국 앞을 통과해서 커다란 느릅나무가 있는 작은 광장을 빠져 어항 쪽으로 걸어내려갔다. 피서객들은 아직 도착하지 않았고 거리엔 토착민들뿐이어서 마을은 고요했다. 검게 탄 얼굴을 한 어부들이 반은 은어요 반은 포루투갈어인 저들 특유의 언어로 이야기를 주고받으며 문간에 드러누워 있었다. 처녀들이 둘씩 둘씩 짝을 지어 모자도 쓰지 않은 채 웃으며 황혼 속을 지나갔다. 우리는 저녁을 먹기 위해 테일러의 식당으로 들어갔다. 그리고 나는 그 지방 특유의 잡탕요리를 주문했다. 나는 프로빈스타운의 뉴스를 듣고자 했다. 그해엔 누가 가르치고 있으며 클래스는 어떻게 편성되고 있는가, 그리고 제리 판스워드는 그의 오래된 스튜디오를 갖고 있는지, 또한 톰 블레이크먼은 다시금 에칭 클라스를 맡을 작정인가의 여부를. 그런 다음엔 물론 아르네는 초상화에 대한 이야기를 들어야만 했다. 내가 어느 날엔가 매튜스 씨가 그걸 미술관에 팔 희망으로 있다고 말했을 때 그는 몸서리를 치며 두 손을 마구 흔들었다.

"그러면 안 돼, 이벤." 그는 천둥치는 소리를 냈다. "절대로 못하게 해. 미술관이라고? 영혼의 죽음이지."

"아무렴." 나는 말했다. "인즈나 체이즈처럼 말이지."

"그들은 죽었어." 그는 대답했다. "그건 모두 과거이고 끝장이 나버렸거든."

"그럴까?" 나는 반문했다. "나는 그렇게까지 생각진 않는데."

"맙소사." 그는 격렬한 기세로 으르렁댔다. "과거는 우리 뒤로 물러가버렸다네, 이 사람아!"

"아직 렘브란트가 있지." 나는 말했다. "그리고 반 고흐. 우린 아직 그들을 완전히 끊어버리지는 못했어……. 과거란 우리 뒤로 물러간 게 아니라네, 아르네 — 그건 우리를 온통 둘러싸고 있다네. 그리고 이곳, 케이프에 내려와보니 그 점을 더욱 절감하지 않을 수가 없군그래. 이곳에선 세월이란 것이 흡사 페멧 강의 조수처럼 한 해는 또 한 해를 뒤따르고 보트는 날마다 옛날과 같은 고기를 싣고 오거든."

나는 테이블 너머로 그에게 미소지어 보였다. "이 같은 생각은 단지 이제 하기 시작했을 뿐이라네." 나는 말했다.

"좋아." 그는 불행하게 말했다. "난 자네가 그러지 않기를 바라네. 예술가란 너무 많이 생각하면 안 돼. 그건 색감에 방해가 된단 말일세."

그리고 그와 더불어 우리는 옛날의 토론 가운데로 뛰어들어 식사의 나머지 시간은 온통 색채와 선, 심벌 및 메스(量感)에 대한 화제로 채워졌다. "자네한테 말해두겠는데" 하고 아르네는 수

염을 잡아당기며 소리쳤다. "우린 다시금 어린애처럼 돼야만 하네, 우린 세계 속에다 색채를 소생시켜야만 해. 색채란 보기 위해 존재하는 것이니까. 생각하지 말고 그리게. 애들처럼 말일세."

그는 테이블을 치고, 수염을 움켜쥐기도 하며 황소처럼 으르렁댔다. 그는 완전히 행복했다. 나는 도대체 아이들이 그의 그림을 이해해주기를 기대하느냐고 그에게 물었다. 그랬더니 그는 조소의 눈길을 내게 던졌다. "오로지 예술가만이" 하고 그는 선언했다. "다른 예술가가 하고자 하는 바를 이해해주리라고 기대할 수 있는 거야. 이거야말로 어째서 군중 가운데엔 예술에 대한 이해가 그처럼 부족한가의 이유일세."

"그와 마찬가지로" 하고 그는 이치에 맞지 않는 소리를 덧붙였다. "미술관은 언제나 애들로 가득 차 있는 거야."

아르네는 항상 이 모양이었다.

우리가 저녁을 먹은 뒤 다시 거리로 나와 집으로 향해 갈 때 그는 기대에 넘치는 어조로 내게 말했다. "자네의 그 모델은 이번 여름 케이프로 올 테지, 이벤?"

나는 거의 무심하게 대답했다. "그럼." 나는 말했다. "머잖아 오겠지." 그는 생각에 잠겨 커다란 머리를 끄덕였다. "좋아." 그는 말했다. "나 자신 그녀의 초상화를 그리겠네." 이 말은 나를 재미나게 했다. 그래서 나는 어둠 속에서 조용히 웃었다. 그건 필시 볼 만한 구경거릴 거야. 그 초상화는.

그러나 그것은 홀연 내게 외로움을 느끼게 했다. 나는 제니가 어디에 있을까 궁금했다. 또한 그녀는 무얼 하고 있을까에 대해서도 — 이 벨벳같이 부드럽고 푸른 우리의 봄 저녁은 흡사 바람인 양 오래전에 지나가버린, 얼마나 머나먼 곳에 있을 것인가. 그녀는 아직도 바다 위에 있을까? 밤은 바다 위에 있었고 어둠은 대지의 그림자를 휩쓸어가지만 내일의 태양은 이미 우랄의 동쪽 사면(斜面)에 떠오를 것이었다. 그러면 어제의 태양은? 그것은 저 아담한 숲 근처, 목초지 기슭의 낮은 돌담 위에서 지금도 반짝이고 있는가? 태평양 위에선 아직도 오늘이었고 아직도 한낮이었다. 하와이를 씻기는 길고 푸른 파도의 굽이 위에선. 어제…… 내일…… 그건 도대체 어디에 있는 걸까?

제니가 내게 돌아올 때까진 긴 세월이 흘러가야만 하리라. 언제까지나 함께 있을 수 있게 될 때까진 안 돌아오겠어요, 라고 그녀는 말했었다. 긴 여름…… 서둘러요, 하고 나는 제니에게 말했다. 마음속으로.

나는 이러한 것을 아르네에겐 설명할 수 없다는 걸 알고 있었다. 나는 그러려고 애쓰지도 않았다.

축축한 바다 공기가 짠 내를 품고 신선하게 개펄로부터, 혹은 갑자기 프로빈스타운의 꽃피는 정원으로부터 풍기는 향내를 꿰뚫고 올라와 흰 가로등 밑을 걸어 집으로 돌아오는 우리 주위로 맴돌았다. 항구에선 메어리 P. 굴라트 호의 정박등(碇泊燈)이 어둠 속에서 조용히 흔들리고, 롱 포인트와 우드 엔드의 등대불이 만(灣)에서 깜박거렸다. 그리고 북 트루로의 하일랜드 표지등(標識燈)의 커다란 흰 십자가가 천상을 꿰뚫는 바퀴살인 양 휙 스쳐 지나갔다. 별들은 머리 위에서 고요히 타올랐다……. 얼마나 오래전에 저 금속성 광채는 저들의 집과 우리의 그것 사이에 가로놓인 텅 빈 공간을 뛰어넘었던 것일까? 아주 오래전에 ― 우리의 가장 먼 어제보다 훨씬 오래전부터.

갈매기들은 물 위에서 잠자고 있었다. 푸른 어둠 속에서 조용히 망각에 싸여, 텅 빈 어선의 갑판 위에 나란히 줄을 짓고서. 거리는 고요하고 인기척 하나 없었다. 우리는 집까지 따라오는 우리의 발자국 소리를 들었다.

16

 그러나 나는 프로빈스타운에서 여름을 보내고 싶지는 않았다. 내겐 아직도 초상화 값으로 받은 돈에서 200달러 이상이 남아 있었다. 그래서 나는 페멧 강 연안의 트루로에서 자그마한 집 한 채를 빌리기로 작정했다. 그것은 사실은 강을 내려다보는 낭떠러지 위에 위치한 통나무집 이상의 것은 아니었다. 소나무들이 밀집해 있어 집 주위를 온통 침엽(針葉)들로 이루어진 한 장의 갈색 양탄자로 만들어놓고 있었다. 그리고 소나무 가지들을 통해 강이 내려다보였다. 나는 끊임없이 철썩거리는 만의 물결 소리를 들을 수 있었다. 또한 바다 소리와도 닮은 소나무들의 풍현(風絃) 소리도. 공기는 대지와 태양의 향기로 따스하고 달콤했다. 그리고 그곳엔 동으로부터의 비와, 뒤쪽의 콘힐 위를 거세고 차게 몰아치는 북서풍으로부터 피하는 피난처가 있었다. 우리 집은 남동풍의 혹은 연기낀 남서풍의 바로 길목에 위치하고 있었지만 이것이 하나의 이점이었다. 남으로부터의 바람은 개인 날씨의 바람이어서 따스하고 부드럽게 불어왔기 때문이다.

썰물 때의 페멧은 갈대밭 사이를 졸졸거리며 흐르는 작은 시내 이상의 아무것도 아니었다. 그러나 만월 때 조수가 가득히 넘쳐나면 늪을 창일케 하여 한때 — 항구에 모래가 쌓이기 전에 — 는 서른 척의 포경선(捕鯨船)을 계류(繫留)할 수 있을 정도로 넓고 깊은 강물이었음을 상상할 수 있다. 그러나 그것은 오래전의 일이었다. 오늘날엔 작은 강이 좁은 수로로부터 만으로 드나들고 만과 대양 사이의 케이프를 가로질러 꾸불꾸불 헤매고 있는 것이다. 아마도 페멧이 그 수원(水源) 가운데서 솟아오른 곳에서부터 100야드 되는 지점에서 낮은 모래언덕이 시작됐을 것이다. 그리고 바로 이곳을 넘어서면 모래사장과 바다에 이르게 된다. 대양에서 만까지는 그리 멀지 않다. 케이프는 그 끝에 이르면 3마일도 채 안 되는 좁은 폭이 된다.

올망졸망한 작은 집들이 겨울이면 호되게 불어대는 북서풍으로부터 안전하게 들어앉은 분지 속에 서로 비비대며 들어서 있다. 소나무가 있고, 관목 참나무, 개아카시아, 미루나무, 느릅나무, 그리고 애기월귤이며 가시금작초, 노루발풀, 비치 플럼, 벚나무 등속이 자라는 곳이다. 이것들은 모두가 작달막하다. 자그마한 언덕과 골짜기도 원경(遠景)으로 보일 땐 산맥과 계곡의 풍모를 지닌다. 두 채의 낡은 교회의 뾰족탑과 공회당이 모든 것 위에 군림하고 있다. 이것들은 가장 높은 봉우리 위에 우뚝 서서 계곡을 내려다보며 맑고 사랑스런 자태로 명상에 잠겨 있는 것이다.

옛날부터 내려오는 몇몇 가문들이 아직도 트루로에 살고 있다. 스노우 일가, 다이어 가, 에트우드 가, 에트킨스 가, 코브 가, 페인 가, 리치 가 등. 케이프코드의 오래된 이름, 오래된 가문들⋯⋯. 케이프코드는 그들의 고향, 그들의 가정이고, 그것은 그들에게 속해 있는 것이다. 그들은 조용하고 친절하며 부지런한 사람들이다.

나 역시 일하기 위해 정착을 했다. 그러나 근 일주일 동안 케이프의 색채는 나의 모든 감각을 나른하게 했다 — 창백한 모래빛 노랑, 밝은 녹색, 그리고 먼 데선 바이올렛 빛으로 짙어가는 물과 하늘의 희미한 청색. 북으로 날아가는 새들이 잠시 그곳에 머물렀다. 개똥지빠귀새는 잔디를 찾고, 방울새는 흡사 잉어떼 모양 나무 사이로 화살처럼 넘나들었다. 또한 한 쌍의 꾀꼬리는 우리 집 뒤쪽의 느릅나무에다 둥지를 틀었다.

6월쯤 가시금작초는 노랗게 되고 애기월귤은 핑크로, 그리고 고원지대에선 흰색이 되었다. 메추라기들은 풀숲에서 서로 짝을 찾아 불렀다. 나는 강으로 헤엄치러 내려갔다. 물살은 빠르고 신선했으며 조그마한 녹색 게들이 나를 피해 모래톱 속으로 도망을 갔다. 몇몇 어린이가 이미 와서 해변에 끌어올려진 한 척의 낡은 폐선 안에서 놀고 있었다. 건초 빛깔의 머리칼을 가진 한 아이는 해적 놀이를 하고 있었다. 그 애는 선원들에게 전쟁 준비를 시키고 있었다. 선원들은 장난감 권총과 자기 누이로 이루어져 있었다. 그러나 어디에도 적은 보이지 않았다.

 온 여름 내내 아이들은 해변에서 논다. 그들은 행복하고, 의좋게 지낸다. 파도가 모래사장을 넘어 휩쓸려올 때마다 꼬마들은 바다를 등지고 재치 있게 도망친다. 조수가 물가에 거품을 일으키고 다시금 물러가면 그들은 자기들 앞에 펼쳐진 대양을 넘나들 것 같은 기세로 또다시 물결을 뒤쫓아간다. 그러나 다음 물결이 들이닥치면 이전과 꼭같이 도망치는 것이다. 신선한 놀람과 경고의 째지는 듯한 외마디 소리를 내지르며. 태양은 저들의 자그마한 갈색 다리를 따스하게 비춰주고 저들은 백합조개 껍질이며 성게 껍데기, 그리고 조류에 닳은 윤나는 돌들을 열광적으로 모은다. 좀 더 큰 애들은 작은 돌고래 모양 파도 속으로 돌진해간다. 물은 맑고도 차갑다.

 트루로에선 시간이 정지하고 있다. 주일(週日)들은 하나씩 하나씩 차례로 미끄러져간다. 6월엔 북동풍이 불어 바람은 거의 수평으로 비를 몰고서 바다로부터 휘파람을 불며 불어닥쳤다. 비는 사흘 동안 계속 내려 문짝은 불어 요지부동이 되고 책상 서

랍은 열리지 않고 내 캔버스의 일부엔 녹색 곰팡이가 피었다. 온 종일 난로 속에 태운 소나무 장작마저 나의 조그마한 집을 따스하게 해주지도, 말려주지도 못했다. 이윽고 바람이 서쪽을 향해 방향을 바꾸자 해가 다시 나오고 또다시 여름이 되었다. 창백한 모래빛의 노랑과 밝은 초록, 그리고 희미하게 바랜 푸른빛을 띤 여름이.

나는 그림을 듬뿍 그렸다. 스피니 양을 위한 남 트루로의 교회를 그리고, 만을 굽어보는 고원지대의 적적하게 텅 빈 낡은 건물들을 캔버스에 옮겼다. 그리고 롱 누크의 골짜기 끝에서 본 바다를 수채화로 그렸다. 북동풍을 동반한 미풍이 일어 바다는 어두웠다. 그것은 녹색 띠를 두른, 그리스의 진한 포도주 빛으로 어두워져 수평선까지 거무스레하게 뻗쳐 있었다. 그리고 하늘은 그 속을 온통 꿰뚫고 빛나는 빛을 받아 흡사 청자(靑磁)의 안쪽처럼 파랬다. 나는 매튜스 씨에게 이 두 그림을 우송했다. 그러나 내가 그린 최상의 것은 이른 아침 그물터에 나와 있는 남자들의 그림이었다. 나는 그걸 주로 기억에 의존해서 그려야만 했다. 배들은 밝기 전에 고기잡이를 나가기 때문이다.

만상은 고요하고 어둠에 잠겼는데 물은 길게 부풀어올라 어둠 속에서 밀려온다. 배들은 파도를 무찌르고 나아간다……. 동쪽 하늘은 회색으로 변하고 이어 핑크빛으로 물들어 서서히 먼 동이 터온다. 뭇별은 파리해지고 푸른 색조가 하늘에 나타나기 시작한다. 기슭을 멀리 떠나 한 척의 보트가 그물 쳐둔 곳으로 미끄러져 나아가며 그물을 끌어올린다. 고기는 아래쪽으로 몰려 흡사 그림자처럼 보트 밑을 앞으로, 뒤로 왔다 갔다 한다. 그물이 높이 치켜진다. 그러자 갑자기 고기들은 은린을 번쩍이며 물에서 뛰쳐오른다. 그러면 어부들은 양쪽에서 고기를 퍼올리는 것이다. 해가 떠오르고 만은 빛을 받아 번쩍이며 고기는 발 아래서 은빛으로 번뜩인다. 천천히, 그리고 무겁게 한 척의 보트가 만을 가로질러 프로빈스타운으로 향하고 그러는 동안 다른 배는 다시금 해안 쪽으로 뱃머리를 돌리는 것이다.

나는 아르네도 나와 함께 갔으면 했지만 그는 그곳엔 자기를 위한 색채가 충분히 없다고 말했다. 그는 프로빈스타운의 전광소와 발전소를 그리고 있었다. 그는 그것이 공업을 대표하고 또한 공업은 오늘날의 현실세계를 대표한다는 것, 따라서 예술가가 자기에게 적절한 주제를 찾아야만 하는 것은 바로 이 같은 현실 세계라고 말했다.

"바보가 되지 말자구, 이벤." 그는 소리쳤다. "아름다움이란 그것이 유용할 때에만 고귀한 거야. 오늘날 세계의 심벌은 발전소라네. 만약에 그게 우리한테 추한 모습으로 비친다면 그건 단지 우리가 그걸 올바르게 보지 않기 때문이지."

그러나 그는 7월에 해변의 피크닉을 위해선 트루로에 왔다. 우리는 콘힐의 모래 위에 드러누웠다. 그러는 동안 해는 지고 달이 우리 위의 언덕 위로 떠올랐다. 그러자 코듀로이 양복을 입은 남자들과 머리에 수건을 싸맨 여자들이 해변에 모아놓은 유목(流木)에 불을 질렀다. 석양빛은 점차 장밋빛과 녹색으로 퇴색해지니 옛날의 푸른 밤이 침침하고 몽롱하게 해안 위로 내리덮였다. 그리고 만 건너편에는 프로빈스타운의 등불빛이 어스름 황혼 속에서 반짝반짝 빛나고 있었다. 우리의 모닥불이 타오르는 노오란 빛 속에 친구들의 손가락이 오락가락했다. 나무가 더욱더 모아지고 바구니가 풀어지며 담요가 깔렸다. 불꽃이 타서 숯이 됐을 때 스테이크와 소시지가 구워졌다. 그리고 커다란 콩 냄비가 불 곁에 놓여지고 섭조개 한 통과 커피 주전자도 준비되었다. 그런 다음 우리는 불 가에 둘러앉아 노래를 불렀다. 그러는 동안 달은 머리 위에서 조용히 떠다니고 조수는 모래에 부서지는 잔물결을 실어보냈다……."나는 밝은 갈색 머리를 가진 제니를 꿈꾸네……."

혹은 우리는 고요하고 더운 8월의 오후에 함께 바다로 나가 수영을 했다. 그럴 때면 길게 굽이치는 파도가 초록으로 투명하게 머리를 치켜들고 다가와선 거품을 튀기며 깨어지면서 차르르 미끄러져 모래 속에 잦아드는 것이다. 수평선 너머, 시야를 벗어난 저 멀리 세계의 기슭엔 유럽이 가로놓여 있었다. 전쟁으로 찢겨진 채. 그러나 이곳에선 모든 게 평화로웠다. 텅 빈 해안은 여름 햇빛 아래서 남쪽을 향해 끝도 없이 구불구불 뻗쳐 있고 가벼운 산들바람이 사구(砂丘) 위의 풀들을 나부끼게 하며, 오로지 아이들의 함성만이 으르렁대는 바다의 포효에 맞서 울려댈 뿐이었다.

내가 제니를 그리워하는 것은 바로 이러한 때, 세계의 아름다움이 유난히 가슴에 사무치는 그런 때였다. 그렇다 해도 도저히 설명하기 어려운 어떤 상태로 말미암아 나는 외로움을 느끼진 않았다. 왜냐하면 나는 혼자가 아니라는 감정을 지니고 있었기 때문이다. 여태까지 항상 내가 지니고 있었듯이, 세계와 제니와 나는 일체이며, 뭐라 이름 붙일 수 없는 단일성, 뭐라 설명할 수도 없는 동일성으로 결합돼 있다는 감정을. 나의 시야 속에뿐 아니라 나를 둘러싸고 천천히 굴러가는 나날의 회전 속에도 그녀가 없다는 바로 이 부재감이 그런 것들을 내게 훨씬 덜 현실적이고 덜 견고한 것으로 느끼도록 했던 것이다. 그녀는 기후 속의 어디에도 존재하지 않았다. 케이프 위로 떨어져내리는 비는 어디엔가에서 — 어떤 도시, 어느 세월 속에서? — 서두르고 있을 그녀의 아담한 자태 위로 떨어지는 비는 아니었다. 그러나 바로 그러한 이유 때문에 모든 기후는 내겐 하나로 보였으며 과거의 계절들은 도처에서 나의 꿈속의 여름과 혼합되었다. 왜냐하면 그녀는 세계의 어디엔가에 존재하고 있었으니까. 그리고 그녀가 있는 곳이면 어디에나 나의 무엇인가도 역시 있었기 때문이다.

그녀는 말했다. "세계는 얼마나 아름다운 것인지요, 이벤.

그것은 아름다움 이외의 어떤 것을 위해서도 창조되진 않았어요……. 우리가 현재에 살건 먼 옛날에 살았든 상관없이."
　우리는 그러한 아름다움을 함께 지니고 있었다. 또한 정녕코 그걸 잃어버리지도 않았던 것이다.

17

 여름은 가을 속에 빨려들어 사라져갔지만 제니는 돌아오지 않았다. 9월껜 애기월귤이 붉게 물들고 사람들은 젤리를 만들기 위해 길에 연한 들판에서 비치 플럼을 따고 있었다. 강물 속의 갈대는 은다색(銀茶色)이 되고 오후엔 태양이 우리 집 둘레의 소나무를 꿰뚫고 나지막이 기울어졌다. 여름엔 대부분 자취를 감추었던 새들이 남쪽으로 날아가는 도중에 다시금 자태를 보이기 시작했다. 붉은 머리를 한 딱따구리와 파랑새며 명금(鳴禽)들과 찌르레기 무리들. 제비들은 대기를 꿰뚫고 신경질적으로 획획 날아갔다. 때때로 저녁때 나는 들오리들이 하늘을 배경으로 쐐기형의 대열을 그리면서 남쪽으로 날아가는 것을 보곤 했다.
 나는 매튜스 씨로부터 상당한 액수의 수표를 받았다. 그래서 페멧이 만으로 흘러드는 곳에 인접한 철교 근처에 살고 있는, 존 워싱턴의 형제인 빌에게서 소형 돛배 한 척을 빌리는 데 얼마를 사용하기로 했다. 나는 그리 대단한 정도는 못 되나 항해술에 대한 약간의 지식을 갖고 있었다. 어쨌든 사고가 날 위험은 없으리라고 생각했다. 18피트의 하수용골(下垂龍骨)을 가진 쾌속정인 이 배는 빠르게 흘러가는 시내의 한쪽으로 빠지는 미미한 역류 속의 하구(河口) 가까이 매어 있었다. 좁은 수로를 빠져 만으로 나가는 것은 꽤 오랫동안의 항해를 요했다. 따라서 조수와 바람이 다 같이 순조로워야만 했다. 그러나 바람은 바다 멀리 어디엔가 떠 있는 만만치 않으나 눈에 보이지는 않는 구름처럼 버티고 있는 버뮤다의 고기압권으로부터 밀려나 그 달엔 거의 언제나 동풍인 것처럼 보였다. 그래서 나는 등 뒤로 강풍을 받으며 대개는 조수에 거슬려서도 용케 헤쳐나갈 수 있었다. 돌아올 때는 만조를 기다렸다가 바람머리로 거슬러와야만 했다. 아르네가 나의 선원 노릇을 했다. 그는 앞쪽에 앉아 우리가 방향을 바꿀 때면 돛의 아랫도리 활죽을 힘껏 당겨 일종의 거친 장중함을 가지고 삼각돛을 조종했다. 바람을 등에 받고 앉아 보트가 바람에 저항하는 걸 느끼는 건 자극적이었다. 녹색 물이 미끄러져나가는 걸 지켜보고, 조수가 배의 곁판자를 희롱하는 소리를 듣는 것도. 그것은 또한 훌륭한 운동이기도 했다. 그래서 내 팔을 쑤시게 하고 손바닥엔 물집이 생기게 했다.

우리는 보통 만까지 항해했다. 때때로 멀리 그물이 쳐진 곳까지, 한두 번은 프로빈스타운만큼 먼 곳까지도. 그것은 그 자체로서 하나의 세계였다. 거기 물 위에서 햇빛과 그 눈부신 광휘 속에서 — 결코 끝나지 않는 푸름과 꾸준한 바람, 또한 투명하고 화살 같은 먼 곳의 세계. 그리고 나는 그곳에서 행복했던 것이다.

9월 늦게 카리브 해에서 태풍이 일었다는 보도가 있었다. 우리는 거기 관해선 거의 생각하지도 않았다. 때가 마침 허리케인의 계절이었으니까. 태풍은 플로리다 사주(砂洲)를 치든가 그렇지 않으면 대서양을 빠져나가든가 했다. 이번 경우는 명백히 플로리다를 향하고 있었다.

케이프에서 우리는 이례적으로 맑은 날씨를 계속 누렸다 — 기후 재배가라고 아르네는 말했다. 우리는 그걸 최대한으로 이용했다. 왜냐하면 계절은 막바지를 향해 달려가고 있었고, 그와 함께 정기적인 폭풍도 닥쳐올 것이며 그런 다음엔 뱃놀이를 하기엔 지나치게 춥고 거친 날씨가 될 것이었기 때문이다. 우리는 날마다 바다에 나갔다. 날씨는 따뜻했다. 그 계절로선 이상할 정도로. 그리고 바람은 남동풍이었다. 우리는 바람이 북으로 방향을 바꾸기를 기다렸다.

월요일엔 폭풍이 플로리다를 피해 캐롤라이나를 향하고 있다는 보도가 있었다. 그것은 곧 비와 남서풍을 의미했다. 그러나 화요일엔 폭풍이 다시 동으로 진로를 바꾸어 바다로 빠지게 될 것이란 소리를 들었다. 그러므로 우리는 아직 며칠 동안은 항해하기에 좋은 기후가 남아 있다고 생각했다. 그래서 해안을 따라 긴 여행을 해서 밤엔 웰플리트의 그레이트 섬에서 캠프를 한 뒤 다음 날 집으로 돌아오기로 작정했다. 우리는 화요일 정오가 되기 전에 떠났다. 남동쪽으로부터 꾸준한 산들바람이 불어왔고 항해 중 내내 우리는 순조롭게 이 바람을 받을 수 있었다.

우리는 그날 밤 섬에서 캠프를 하고 사장 기슭에다 불을 지폈다. 우리는 불빛 속에서 오랫동안 이야기했다. 그림자들이 우리 뒤의 관목 숲에서 춤을 추고 별을 수놓은 창백한 하늘은 흡사 거대한 호수처럼 우리 위에 가로놓여 있었다. 그리고 자그마한 보트는 닻을 내린 채 조수에 따라 이리저리 흔들리고 있었다. 나는 아르네에게 내 마음속에 있는 어떤 것을 이야기하고자 했다. 또한 나 자신에 관해서, 세계에 대해서도. "우린 아는 것이 그렇게도 적어" 하고 나는 말했다. "알아야 할 것은 너무나 많은데. 우린 미각과 촉각으로 살고 있어. 우린 그저 코밑에 있는 것만을 본단 말일세, 우리 머리 위 저쪽엔 이 지구보다도 훨씬 더 큰 태양계가 있지. 그런데 물 한 방울 속에도 전 우주가 있거든. 그리고 시간은 온갖 방향으로 무한히 뻗쳐나가는 거야. 이 지구, 이 대양, 이 삶의 보잘것없는 순간은 그 자체로선 아무 의미도 없는 걸세……. 어제는 오늘과 꼭같이 진실해. 단지 우리가 그걸 잊고 있을 따름이지."

아르네는 하품을 했다. "그래." 그는 말했다. "그건 그래. 자러 가세."

"그리고 사랑도" 하고 나는 말했다. "역시 끝이 없는 걸세. 오늘의 미미한 행복은 단지 그 일부분에 지나지 않네."

"자러 가세나." 아르네가 말했다. "내일은 또 다른 날일세."

그날 밤 나는 평생 처음으로 제니에 관한 꿈을 꾸었다. 나는 오래전의 우리의 상봉을 꿈에 보았고 마치 그 일이 다시 한번 일어난 것 같은 꿈을 꾸었던 것이다. 나는 몰의 텅 빈, 긴 벤치들의 열을 따라 걸어가는 어린애로서의 그녀를 보았다. 그때 말했던 것처럼 "제가 자랄 때까지 기다려주셨으면 해요. 하지만 선생님은 그러실 것 같긴 않네요"라고 말하는 소리를 들었다. 그리고 꿈속에서 나는 그녀의 그 억양 없는 아담한 노래를 회상했다……

"바람은 불고, 바다는 흘러……"

나는 뭔가 불길한 일이 일어난 것 같은 느낌으로 소스라치게 놀라 깨어났다. 바람은 여전히 따스하고, 꾸준히 남동으로부터 불고 있었지만 다소 더 거칠어진 것 같이 생각되었다. 대기 속엔 희미한 안개가 끼어 있었고 이상하게 생긴 구름 몇 점이 머리 위로 지나갔다. 그것들은 아주 빠르게 흘러가고 있는 것처럼 보였다. 나는 몸을 웅크리고 아르네의 어깨를 흔들었다. "일어나게,

아르네." 나는 말했다. "집에 가야겠네."

우리는 돛을 올리자 트루로를 향해 북으로 뱃머리를 돌렸다. 시간 낭비는 일체 하지 않았다. 해상에선 바람이 훨씬 더 센 것 같았다. 바람은 다소 우리를 뒤쫓고 있었기에 나는 돛 전체가 바람을 받도록 했다. 탁 트인 바다는 달리고 있고 배는 이물 쪽이 심하게 흔들렸기 때문에 키의 손잡이를 잡고 있는 것은 일종의 노역이었다. 아르네는 아무 말도 없었다. 그는 계속 하늘을 지켜보고 있었다.

안개는 대단히 느릿느릿하게 짙어갔다. 그러나 구름은 훨씬 많아졌다. 그것들은 여러 단층으로 되어 급속히 움직이고 있었으며 이전엔 내가 한 번도 본 적이 없는 모양을 하고 있었다 ― 긴 실린더 모양과 안개 같은 촉수형, 그리고 연기의 손가락 등. 구름들은 또한 약간 먼지 낀 솜처럼 제각기 다른 색조의 흰빛을 띠고 있었다. 나는 주돛을 단단히 붙잡아맸으나 그게 지탱할지 의심스러웠다. "아르네." 나는 그를 불렀다. "돛을 줄이는 게 낫지 않을까?"

그는 말없이 고개를 끄덕였다. 나는 배를 용케 바람 속에 내놓을 수 있었다. 나는 내 손가락이 떨고 있는 걸 눈치챘다. 그리고 아르네가 다소 창백해 보인다고 생각했다. 바람 속엔 기묘한 긴박감이 감돌았다. "이곳을 빠져나가는 게 좋겠어." 나는 말했다.

배는 단 하나의 축범(縮帆)으로 돌진해나갔다. 그리고 나는 해안으로부터 피난처를 찾으려고 다소 바람 머리 쪽으로 나아가려고 애를 썼다. 파도는 이제 훨씬 높이 달리며 물마루를 이루었다가 깨어지곤 했다. 나는 배를 단단히 지탱하기 위해 전신의 무게로 키의 손잡이를 누르고 있어야만 했다. 나는 결정적으로 불안을 느끼고 있었다. 그리고 곧장 해안 쪽으로 향하려고 하지 말아야 할 것이 아닌가를 의심했으나 실상 배를 위한 피난처를 발견할 수 있는 곳은 트루로의 페멧을 제외하곤 아무 데도 없었던 것이다. 나는 바람이 어느 정도 심한가는 알지 못했지만 어쨌든 심하게 불고 있다는 것은 알 수 있었다. 그리고 그 바람 속엔 어딘가 먼 데서부터 오는 듯한 이상한 울림이 있었다.

정오 조금 전에 나는 아르네가 우리 뒤쪽을 손가락질하는 것을 보았다. 그리고 그의 방향을 따라 배의 고물 너머를 힐끗 돌아다봤다. 남쪽 수평선은 회색 안개 뒤로 사라져버렸다. 그것은 전적으로 회색은 아니었으나 진흙과 같은 회색 띤 황색이었다. 나는 아마도 그건 비일 것이라고 생각했지만 보기에는 그렇지 않았다. 우린 이것으로부터 빠져나가야만 한다고 나는 생각했다.

나의 팔과 손은 키의 손잡이를 붙들고 있느라고 쑤셔댔고 두 다리는 양쪽으로 버티어 몸을 지탱하느라 지쳐버렸다. 나는 아르네더러 고물 쪽으로 와서 나와 교대해달라고 손짓으로 불렀다. 그동안 나는 대부분 고물을 넘어 들어온 약간의 물을 퍼내려고 앞쪽으로 갔다. 하층부에 내려가 보니 파도는 아까보다 훨씬 더 높아 보였다. 배는 고물 쪽이 기웃해지더니 한순간 물마루 위에 매달렸다가 다음엔 그 경사면을 타고 돌진해 내려와선 아르네가 용케 뚫고 나오도록 했을 때까지 구멍 속을 빙글빙글 돌았다. 활죽의 끝이 물결을 칠 때마다 나는 이젠 마지막이라고 생각했다. 나는 목이 말랐다. 그러나 공포를 느끼지는 않았다. 그럴 겨를이 없었던 것이다. 나는 줄곧 바람 소리에 귀를 기울이고 있었다. 그것은 여태까지 내가 들어본 어떤 바람 소리와도 닮지 않은 것이었다.

얼마 뒤 우리는 페멧 쪽으로 들어갈 채비를 하기 시작했다. 나는 키 쪽으로 돌아갔다. 그리고 아르네더러 돛 아래의 밧줄을 쥐고 있다가 우리가 너무 멀리 나가게 될 때면 어느 때나 그걸 놓아버리라고 일렀다. 그는 할 수 있는 한 잘 그걸 밧줄걸이 둘레에 감았지만 그걸 붙잡고 있으려면 그의 온 힘을 몽땅 쏟아야 했다. 우리는 바람 불어오는 쪽을 향해 갑판 위에 드러누웠다. 두 다리는 하수용골 집에 기대어 버틴 채. 거대한 바다가 우리의 배후에서 부서져선 고물의 돌출부를 거품으로 뒤덮고 검푸른 물이 바람 불어가는 쪽의 갑판을 따라 갑판의 승강구 위로 밀어닥쳤다. 흡사 발 아래로 바다를 바로 내려다보는 기분이었다. 바다는 이따금 얇은 파도 조각이 되어 튀어올라선 하층부 위로 넘쳐흘렀다. 그런 다음 나는 키의 손잡이를 박차고 기어나왔다. 우리는 대부분의 시간을 반은 물속에 반은 물 밖에 있는 형국이었다. 어느 편이라고도 말할 수 없었다. "그래도 빠져나갈 수는 있겠네." 나는 말했다. 아르네는 머리를 저었다. "글쎄." 그는 대답했다.

해안으로부터 200야드쯤 되는 곳에서 주돛이 꼭대기 근처가 느슨하게 찢어진 채 달아나버렸다. 그리고 한순간 뒤엔 이물의 삼각돛도 역시. 나는 그땐 끝장이라 생각했다. 그러나 양 돛은 다 색구(索具)에 걸려 붙박게 되어 배는 안정되었다. 나는 그것이 거기 걸려 있는 한 우린 일종의 이중 축범을 갖는 셈이라고 생각했다. 따라서 우린 과히 멀리까진 나아가지 않을 것이었다. "빠져나가게 됐군, 아르네." 나는 말했다.

나는 파도 때문에 하구를 거의 볼 수가 없었다. 따라서 파도가 얼마나 높이 달리고 있는지를 알 수 있었다. 그러나 나는 진로를 철교 쪽으로 잡고 운을 하늘에다 맡겼다. 우리의 의도는 바로 적중했다. 그래서 배는 미친 듯이 날뛰는 흰 거품 속을 꿰뚫고 나가 우리를 집어 올려 나무 조각처럼 수로 위로 달리게 하는 노도를 타고 돌진해가다 마침내 만에서 100야드 되는 사장 위에다 우리를 내동댕이쳤다. 아르네가 먼저 뛰쳐나갔으나 그가 주돛을 내릴 수 있기도 전에 바람은 그의 손에서 그걸 잡아채선 강 너머로 풍선처럼 날려보냈다. 색구까지 반은 붙인 채로.

우리는 닻을 내렸으나 그게 지탱하지 못하리라는 걸 알고 있었다. 파도는 무시무시한 소리로 울려대며 6피트 높이로 하구로 돌입해선 흡사 사나운 말처럼 수로로 뛰어올랐다. "이건 고약한 걸, 아르네." 나는 말했다. "조수가 들어오고 있군. 저놈은 배를 철교까지 곧장 끌고 내려가 돛대를 망쳐버릴 걸세." 우리가 할 수 있는 것은 아무것도 없었다. 이처럼 높은 조수란 나는 미처 상상도 하지 못했었다.

빌 워싱턴은 우리가 입항해오는 것을 보았었다. 그는 우리가 바닷가로부터 길 위로 기어올라갔을 때 우리를 기다리고 있었다. "하나님 덕분에 무사했군." 그는 말했다. "젊은이들, 정신이 나갔군그래."

나는 그 말을 웃는 얼굴로 되받았지만 몹시 휘청거림을 느꼈다. 다리는 떨리고 이빨을 서로 맞출 수도 없었다. "배를 저 지경으로 만들어서 미안해요, 빌." 나는 말했다. "폭풍이 저토록 지독하리라곤 상상도 못했는걸요."

빌은 나를 쳐다보더니 고개를 흔들었다. "폭풍이라고, 제기랄." 그는 말했다. "이건 허리케인일세."

18

 빌은 허리케인의 신호가 하일랜드의 등대에서 날고 있었다고 말했다. 그는 그것이 그로 하여금 자신의 위장 깊숙이에서 기묘한 기분을 느끼도록 했다고 말했다. 그러나 그건 아직 시초에 지나지 않았다. 우리는 모두 그걸 알고 있었다.

 우리는 할 수 있는 한 단단히 배를 잡아맸다. 그리고 나서 빌은 강의 북쪽에 있는 집으로 우리를 태워다줬다. 길의 바람받이 장소를 지나갈 때마다 우리는 모래가 차체를 때리는 소리를 들을 수 있었다. 그리고 한두 번은 돌연한 질풍 때문에 차체가 급각도로 기웃해지기도 했다. 빌은 우리를 집 앞에 내려주고는 조수를 살피러 되돌아갔다. 그 자신의 집이 고조(高潮)로부터 그리 많이 떨어지지 않은 곳에 있었던 것이다.

바람이 실제로 어느 정도인가를 알기 시작한 것은 겨우 우리가 오두막집으로 가는 길을 내려가기 시작했을 때였다. 거기 바깥의 해상에선 나는 너무나 겨를이 없었다. 게다가 어떤 의미에서 우리는 그것의 일부로서 그와 더불어 움직이고 그 앞을 달려갔던 것이다. 그러나 이곳에서 남동으로부터 불어오는 거칠 것 없는 질풍에 직면하자 나는 그 전모를 완전히 올바르게 파악했다. 그것은 일대 강타(强打)와도 같이 나를 내리쳤다.

바람은 꾸준한 흐름으로 페멧을 가로질러 불어오고 있었다. 거의 범람하는 공기의 강처럼 가라앉을 틈이라곤 전혀 없이 그저 무겁고 단단하며 신속하게 밀어닥치고 있었다. 그것은 풀밭을 납작하게 밀어붙이고 소나무들을 4분의 1쯤 구부러뜨렸다. 거기엔 무언가 괴이한 것이 있었다. 그것은 아주 먼 데서 오고 있는 것처럼 보였으나 줄곧 가까이 다가오고 있었다. 나는 다가오고 있는 것은 암흑 그 자체이며 이 지구상에 속하지 않은 어떤 힘이란 느낌을 받았다. 내 심장은 빠르게 고동치고 있었다. 나는 추위를 느꼈고 흥분되었다. 나는 만에서 들었던 저 이상한 소리를 들을 수 있었다. 사뭇 높게, 아득히 울리는 일종의 으르렁대는 함성을. 그리고 회황색(灰黃色) 벽이 여전히 저곳 남쪽에 내려앉아 있었다. 혹시 그것은 더욱 가까워진 것일까? 나는 말할 수 없었다. 나는 강의 사면(斜面)을 내려다봤다. 그것은 늪 위로 넘쳤고 물은 갈색이었으며 노란 거품의 줄무늬가 져 있었다. "여기 있게 돼서 다행이지 뭔가." 나는 바람을 거슬러 아르네에게 고함쳤다. 그때 처음으로 그는 웃음을 보였다. "집이 견뎌낸다면 말이지" 하고 그는 말했다.

저쪽 물가에 있는 개아카시아의 가지 하나가 돌연히 탁 꺾어지더니 우리 쪽을 향해 비탈을 수백 야드 날아왔다. "가세." 나는 말했다. "집에 들어가세나."

우리는 바람을 정면으로 받는 것을 피하기 위해 뒷문으로 돌아 들어갔다. 우리가 나가 있는 동안 식료품 상인이 작은 뒤 포치에다 계란 한 상자를 두고 갔는데 그것들은 죄다 마룻바닥에 널브러져 있었다. 내일 청소는 엉망진창이 될 것이란 생각을 했지만 나는 멈추지 않았다. 바람은 우리를 집어올려 문간 안으로 쓸어넣었으며 문을 닫기 위해선 전신으로 밀어야만 했다. 집 안은 춥고 조용했다. 그러나 나는 바깥의 만에 있었을 때 들려왔던 함성을 귓속에서 들을 수 있었다. 잠시 후 귓속의 소음은 사라졌다. 그러자 나는 폭풍 그 자체의 소리를 들을 수 있었다. 또한 높고 먼 데서 울려오는 윙윙 소리도.

아르네는 불을 지폈고 나는 위스키를 꺼냈다. 나는 단숨에 흠뻑 들이켰다. 술이 온몸의 구석구석까지 따스하게 스며드는 걸 느낄 수 있었다. 우리는 불 앞에 서서 서로를 바라봤다. 나는 이따금 집이 흔들리는 걸 느낄 수 있었다. 또한 창문이 덜컹거리는 소리도 들을 수 있었다. 나는 셔터를 올려야 되는 게 아닐까 생각하며 허리케인에 대해 내가 읽은 것을 기억해내려고 해봤다. 그러자 나는 이 집엔 셔터가 없다는 사실에 생각이 미쳤다. 해야 할 일은 아무것도 없는 것처럼 보였다.

"배가 견딜 수 있을까 모르겠네." 내가 말했다.

"어려울걸." 아르네가 말했다.

"우린 운이 좋았던 걸세." 나는 말했다.

나는 한 모금 더 마셨다. "프로빈스타운에선 어떻게들 대처하고 있는지 모르겠어." 나는 말했다.

아르네는 우울하게 머리를 저었다. "어김없이 지독할 거야."

이윽고 비가 내리기 시작했다. 그리 많이 내리쏟지는 않았으나 거의 수평으로 내렸다. 10분 이내에 문 바로 안쪽엔 사뭇 넓은 물웅덩이가 생겼다. 나는 물이 못 들어오게 하기 위해 창틀을 따라 타월을 깔았다.

그동안 줄곧 바람은 점점 더 격렬해지는 것 같았다. 한두 번 집이 너무나 호되게 흔들렸기 때문에 나는 사방 벽이 날아가버리는 줄 알았다. 그저 거기 앉아서 미구에 일어날 어떤 일을 기다리는 것밖에 아무것도 할 일이란 없었다. 이윽고 아르네는 우리가 나가서 형편을 봐야 한다고 말했다. 그는 허리케인이란 어떤 것인지 보고 싶다고 했다. 우리는 뒷길로 나갔는데 우리 뒤로 문을 닫기 위해선 전신의 힘을 온통 쏟아야 했다. 그러나 집의 정면으로 돌아나오자 우리는 숨을 쉴 수도 없었다. 바람은 우리 입으로부터 직통으로 공기를 갈가리 찢었다. "여어." 두 손으로 얼굴을 감싸며 아르네가 말했다. "이런 때 만에 나가 있지 않아 다행일세."

나는 만을 바라보려 했으나 그것은 비와 비말(飛沫)의 자욱한 잿빛 안개와 난무하는 모래의 혼돈 속에 자취를 감춰버렸다. 나는 캣 섬 건너편의 전선대가 자빠진 것을 보았다. 나는 그걸 손가락질해 보였다. 이어 집 뒤의 커다란 느릅나무가 쓰러졌다. 그것은 일종의 한숨 소리를 내며 천천히 넘어졌다. 그와 함께 흙을 잔뜩 파 일으키면서. 아르네는 한마디도 말하지 않았으나 그의 두 눈엔 사나운 기색이 감돌았다. 그는 내 팔을 꽉 잡더니 강 건너쪽을 가리켰다. 한순간 뒤에 우리는 빌 워싱턴의 낡은 광이 양옆으로 가라앉는 걸 보았다. 그리고 바람이 물어뜯을 듯이 그걸 강 쪽으로 날라가는 걸 지켜봤다. "가서 도와줘야 하지 않을까." 나는 아르네의 귀에 입을 바싹 대고 고함쳤다. 그는 절망적인 몸짓을 했다. "어떻게 저기까지 가려고?" 그는 고함쳐 대답했다.

우리는 휘어진 소나무 하나에 팔을 감은 채 둘이 함께 쪼그리고 앉아 여전히 빌의 집을 지켜보고 있었다. 그러자 해안경비 트럭이 왔다. 트럭은 우리 뒤의 길 위에서 멈추더니 장화와 방수복으로 무장한 경비원이 쿵쾅거리며 다가왔다. "여어!" 그는 말했다. "괴짜 친구들, 대체 뭣들 하고 있소?" 우리는 빌의 광이 강물 속으로 날려 박히는 걸 보고 있다고 말했다. "그래요." 그는 말했다. "강에선 이내 그보다 더한 일이 일어날 거요. 대양이 할로우 사주(砂洲)를 뚫고 터져나가고 있거든." 그는 트럭으로 돌아가 캣 섬 쪽으로, 그리고 늪 기슭에 있는 존 룰의 집 쪽으로 향해 달려갔다.

우리가 있는 곳은 수면으로부터는 사뭇 높았다. 그래서 나는 대양이라 한들 거기까지 멀리는 미치지 못하리라고 생각했다. 어쨌든 오래 기다릴 필요는 없었다. 10분 내에 우리는 파도가 바다로부터 우리를 향해 골짜기 아래로 달려오는 것을 보았다. 그것은 그다지 높아 보이지는 않았다 — 단지 나뭇가지와 모래가 뒤섞인 한 줄의 갈색 거품이었을 뿐이다. 그러나 그건 무서운 놈이었다. 한 번 우리 아래를 지나가자 거기엔 다만 쏜살같이 움직이는 물뿐 이미 늪지 같은 건 흔적도 없었다.

그리고 한순간 뒤에 나는 그녀를 보았다.

그녀는 나의 아래쪽, 약간 동으로 기울어진 곳인 선창 근처에 있었는데 강으로부터 경사면을 기어오르려고 안간힘을 쓰고 있었다. 그녀는 기진맥진해진 것처럼 보였다. 게다가 바람이 그녀를 개처럼 물어뜯고 있었다.

내가 보고 있는 동안에 그녀는 균형을 잃고 반쯤 쓰러졌다. 그러고는 다시금 물 쪽으로 향해 뒤로 미끄러지기 시작했다. 또 한 번의 파도가 동으로부터 골짜기 아래로 달려오고 있었다. 나는 그것이 다가오는 걸 볼 수 있었다.

어떻게 내가 바람을 거슬러 그녀가 있는 곳까지 언덕을 내려갔는지를 모르겠다. 하지만 나는 그렇게 했다. 나는 마침 때를 놓치지 않고 그녀를 팔로 감아안아 안전하게 그녀를 끌어올렸다. 파두(波頭)는 거의 우리의 1피트 아래를 지나갔다. 그녀는 눈을 감고 하얗게 질린 쇠잔한 얼굴로 내게 기대어 누워 있었다. "예까지 못 올까 봐 걱정했어요, 다알링." 그녀는 말했다.

나는 그녀를 꼭 껴안았다. 그때까지도, 발 밑엔 미친 듯한 노도가 날뛰고 있었음에도 나는 우리가 무사히 빠져나갈 수 있으리라고 생각했다. 나는 얼굴을 그녀의 얼굴에다 갖다댔다. 그녀의 볼은 죽은 듯이 차가웠다. 그녀는 마치 그것이 대단한 무게를 갖고 있는 것처럼 천천히 두 손을 들어올려 두 팔로 내 목을 얼싸안았다. "전 당신한테 돌아와야만 했어요, 이벤." 그녀는 말했다.

"서둘러야만 해, 제니." 나는 그녀에게 말했다. 나는 비탈 위로 그녀를 끌어올리려고 애를 썼으나 그녀는 흡사 사체와도 같았다. 그녀에겐 힘이 송두리째 빠져버린 것처럼 보였다. 그녀는 애처롭게 미소지으며 고개를 저었다. "가보세요, 이벤." 그녀는 말했다. "전 틀렸어요."

나는 그녀를 들어올리려고 했으나 그녀는 내겐 너무나 무거웠다. 나는 미끄러지는 지면에서 발판을 발견할 수가 없었다. 이제 물은 훨씬 높아져 거의 우리 발까지 왔다. 거무스름한 잔물결이 나의 발목 너머까지 철썩철썩 밀려왔다. "제니." 나는 소리쳤다. "제발……."

"얼굴을 보게 해줘요." 그녀는 속삭였다. 나는 그녀의 목소리를 들을 수 없었으나 그녀가 말하고 있는 바를 알았다. 그녀는 두 손으로 내 얼굴을 쥐고선 커다랗고 검은 눈으로 한순간 나를 지그시 바라봤다. "정말 오랜만이군요, 다알링." 그녀는 말했다.

나는 이야기하고 싶지 않았다. 나는 거기서 빠져나오고 싶었다. 그녀를 물에서 멀리 피해 비탈 위로 끌어올리고 싶었다. "이봐." 나는 말했다. "널 등에 업을 수만 있다면……."

그러나 그녀는 내 말을 들은 것 같지 않았다. "그래요." 그녀는 말했다. 거의 자기 자신에게. "제가 틀린 건 아니었어요."

"제니!" 나는 소리 질렀다. "제발……."

그녀의 두 팔은 한순간 나를 꽉 끌어안았다. "꼭 껴안아주세요, 이벤." 그녀는 말했다. "이제 우린 함께 있게 됐군요."

나는 그녀를 꼭 껴안았으나 내 마음은 어찌할 바를 몰라 겁을 먹고 있었다. 나는 그녀를 들어올릴 수도 없었고 그녀를 떠나버릴 수도 없었다. 게다가 우리가 서 있는 지면은 가라앉기 시작하고 있었다. "아르네!" 나는 있는 힘을 다해서 고함을 쳤다. "아르네!"

그것이 오는 것을 내가 본 것은 바로 그때였다.

그것은 만에서 닥쳐왔다. 거대한 갈색 파도가, 골짜기 위로 범람해서 바다 쪽으로 휩쓸어내리면서. 그걸 피할 길은 아무 데도 없었다. 우리는 그것이 미치지 않는 곳으로 도저히 올라갈 수가 없었다. 그것은 기묘한, 빨아들이는 것 같은 소리를 내며 꾸준히, 아주 빠른 속도로 닥쳐왔다. 좋다. 어쨌든 우린 함께 가는 거야, 하고 나는 생각했다.

몸을 굽혀 나는 그녀의 입술에다 온 힘으로 입을 맞추었다. "그래, 제니." 나는 말했다. "우린 이제 함께 있어."

그녀는 무엇이 닥쳐오고 있는가를 알고 있었다. "이벤." 그녀는 속삭이고는 내 볼을 눌렀다. "오직 하나의 사랑이 있을 뿐이에요……. 어떤 것도 그걸 변하게 할 수는 없어요. 무슨 일이 일어나든, 다알링, 여전히 마찬가지예요. 왜냐하면 우린 언제나 함께 있을 테니까 말이죠…… 어디서든……."

"알고 있어." 나는 말했다.

그리고 나서 파도가 우리를 후려쳤다. 나는 그녀를 꼭 껴안고 그녀와 더불어 가려고 했다. 그러나 물결은 우리를 잡아채서 갈라놓았다. 나는 그녀가 내 팔에서 빠져나가 소용돌이치는 걸 느꼈다. 물은 나를 아래로 끌어당기고는 내 위로 자꾸자꾸 넘어갔다. 나는 자신이 위로 내던져졌다가 아래로 빨아들여지고 또다시 위로 내팽개쳐지는 걸 느꼈다. 그때 무엇인가가 와지끈 내게 부딪쳤다. 그리고 그것이 내가 아는 전부였다.

아르네는 반은 물에 잠기고 반은 내민 상태로 나무에 걸려 허

우적대는 나를 발견하고 안전한 곳에까지 나를 질질 끌고 왔다. 어떻게 그가 나를 비탈 위로 운반해서 그 바람 속에 집까지 올 수 있었던가를 나는 모른다. 그는 나를 침대에 누이고 거의 한 파인트의 술을 내게 먹였다. 그러고는 내 곁에 앉아 밤을 꼴딱 새웠다. 그는 내가 줄곧 강으로 되돌아가려고 했기 때문에 나를 침대 속에 눌러 놓고 있어야만 했다고 후에 말해줬다. 나는 그것에 대해선 별로 기억하지 못한다. 내게는 모든 것이 캄캄했다. 내가 기억하는 모든 것은 암흑뿐이다. 움직일 수 있게 되도록까진 일주일이 걸렸다. 그러나 어차피 마찬가지였다. 길들이 무너져 어떤 수로도 빠져나갈 수가 없었기 때문이다. 나는 침대에 누워 아르네가 주는 것을 먹고, 일어난 일에 대해선 애써 생각지 않으려 했다. 아르네가 바깥에서 소식을 갖고 왔다. 트루로에선 우리가 생각했던 것만큼 대단한 피해는 없었다고 그는 말했다. 프로빈스타운에선 나무들이 많이 넘어지고 한 척의 어선이 바위 위에 내던져졌으며 존 워싱턴의 그물이 북 트루로에서 떠내려갔지만 대양이 페멧을 꿰뚫고 터져 나간 것을 제외하면 그다지 지독한 것은 아니었다. 빌의 집조차도 물이 창 높이까지 차올랐지만 난을 모면했던 것이다. 할로우 사주의 해변은 다시 복구작업을 시작했으며 얼마 안 가 모든 것은 이전과 같게 될 것이었다.

나는 맑게 갠 가을날에 도시로 돌아왔다. 거리는 짙은 푸른빛과 태양의 노란빛에 싸여 있고 거대한 빌딩들이 높고 날카로운 공중에 찌를 듯이 뚜렷하게 우뚝 솟아 있었다. 매튜스 씨는 화랑에서 나를 기다리고 있었다. "당신 일을 걱정했다오, 이벤." 그는 말했다. "스피니 양도 나도…… 오랫동안 우린 어떤 소식도 듣지 못했거든."

그는 어색하게 내 어깨를 토닥거렸다. "만나게 돼서 반갑소." 그는 말했다. "나는 — 난 정말 너무나 기뻐요……."

스피니 양은 아무 말도 안 했다. 그녀는 마치 울고 있었던 것 같은 눈으로 나를 바라봤다.

신문에서 오려낸 조그만 조각을 내게 준 것은 거스였다. "자네가 보지 못했을 것 같아서, 맥" 하고 그는 말했다.

그것은 9월 22일자,《타임》지의 기사였다. 거기엔 이렇게 씌어 있었다.

금일의 무전에 의하면, 기선 레타니아 호는 낸터킷 등대선에서 100마일 떨어진 지점에서 폭풍으로 인해 여객 한 사람을 상실했다고 한다. 8년 간의 외유를 마치고 귀국 중이었던 제니 에플턴 양이 선교의 일부를 들이부수고 여러 명의 여객들을 부상케 한 파도에 의해 바닷속으로 휩쓸려들어갔다. 관계 당국에선 국내에 있는 에플턴 양의 연고자의 소재를 알아내려고 노력 중이다.

거스는 머뭇머뭇했다. 그는 나를 보더니 이윽고 시선을 돌려

제니의 초상 183

버렸다. "자넨 알지 못하리라 생각했지." 그는 말했다. "안됐어, 맥."

나는 기사 조각을 그에게 돌려줬다. "괜찮아요." 나는 말했다. "알고 있었는걸요."

"그래도 좋아요." 나는 말했다. "그래도 괜찮아요."

작품 해설

《제니의 초상》은 크고 검은 눈과 신비스런 분위기로 우리나라에도 많은 팬을 갖고 있는 제니퍼 존스가 주연한 영화에 의해 왕년의 영화 팬들에겐 상당히 유명했던 작품이다. 불행히도 나는 영화를 보진 못했지만, 두 번씩이나 수입됐고 (리바이벌 땐 꼭 봐야지, 하고 벼르기까지 했는데 그만 놓쳐버렸다) 텔레비전에서까지 몇 번 방영해주었던 걸로 알고 있다.

또한 이 작품은 소설로도 이미 20여 년 전에 번역본이 나온 걸로 기억하고 있다. 따라서 독자들에겐 꽤 친숙해진 작품이 아닌가 싶다. 그럼에도 불구하고 이미 소개된 작품을 구태여 내가 다시 번역하게 된 데에는 두 가지 뚜렷한 이유가 있었기 때문이다.

첫째로 이 작품에 얽힌 나의 개인적인 사연과 그로 인한 작품에 대한 애착 때문이었고, 둘째로 "비록 이미 번역된 작품이라 할지라도 독자를 위해서는 몇 번이라도 다른 역자에 의해서 보다 충실한 번역이 시도돼야 한다"는 방침에 따라 문예출판사 쪽에서 내게 번역을 의뢰해왔었기 때문이다.

20년 전 내가 《제니의 초상》을 처음 읽었을 땐 번역(짐작건대 일어의 중역인 듯한)이 아주 마음에 거슬렸었다. 그것은 참으로 우연한 일로서 그때 나는 남쪽을 여행 중이었는데, 하루나 이틀쯤 머물 요량으로 J항에 들렀을 때 그곳에 사는 어떤 친구에게서 빌려 읽었던 것이다.

그때는 2월 초순이었으나 남쪽 항구는 이미 봄이었다. 자욱한 안개와 몽롱한 대기, 따스하게 부풀어 오르는 수면이며 노근하게 여운을 남기는 뱃고동 소리 등 모든 것이 흡사 꿈속 같은 몽환적인 분위기에 싸여 있었다. 그해는 유난히 안개가 많이 끼었었다. 서울에서도 복사무 때문에 차가 삼중 충돌했다는 사고 기사를 그곳 신문에서 읽었으니까. 서울은 아득하게 멀어 보였다. 저녁이면 바다에서 안개가 무럭무럭 피어올라 항구 전체를 흡사 마술의 성처럼 보이게 하는 것이었다. 탱자나무 울타리를 따라 선창가로 가는 산보길은 안개 때문에 1미터 앞이 보이지 않았다. 뿌우연 안개 속에 몽롱하게 모습을 드러낸 배의 고물이며, 설레듯이 철썩대는 물결 소리, 꿈속 같은 뱃고동의 여향…… 이렇듯 온갖 것이 꿈 같은 유혹과 불안한 기대며 달콤한 비애로 녹아내릴 듯한 밤 항구의 신비 한가운데서 나는《제니의 초상》을 읽었던 것이다. 그리고 나는 마치 동화 속의 마법에 걸린 공주처럼 하루나 이틀 묵고 가려던 그곳 항구에서 무려 일주일 이상이나 눌러 있었으니, 나는 도저히 그 마술의 성을 빠져나올 수가 없었던 까닭이다.

이러한 유별난 경험으로 인해 나는《제니의 초상》을 생각할 때면 반드시 남쪽 항구를 생각하게 되고 너무도 뚜렷이 내 기억에 새겨진 그때의 표상을 떠올리게 되는 것이다. 일종의 삶에 대한 도주처럼 감행했던 그때의 여행, 막막했던 심경, 나를 사로잡은 마술의 성, 뜻하지 않았던 "해후". 그리고 그와 더불어 온 그 모든 것을……. 그때의 감동이 하도 신비로워 수년 뒤 내가 여행 중 일부러 그곳에 들러봤으나 유감스럽게도 당시에 내가 느꼈던 감정은 다시는 재현되지 않았다. 마술은 사라지고 없었던 것이다.

이렇게 해서《제니의 초상》은 내 삶의 신비에 참여하게 된 것이며 결국 그것은 내 삶의 일부가 되었다. 그래서 나는 조잡한 번역 대신 원작을 수년 뒤에 구해서 읽게 되었고, 언젠가는 꼭 내 손으로 번역을 해보리라는 생각을 오래전부터 품어왔는데 마침 문예출판사에서 이 작품을 내고 싶어 하기에 기꺼이 승낙을 했다. 문예출판사의 많은 역서 가운데서도 특히나 젊은 독자층에게서 오랫동안 사랑을 받아온《어린 왕자》와《독일인의 사랑》,《방황하는 청춘》같은 아름다운 사랑의 이야기의 한 고리로서 《제니의 초상》도 독자들에게 영원한 사랑을 받게 되리라고 나는 확신한다. 극도의 물질문명 속에서 온갖 것이 오로지 물질적 가치에 의해 측정되고, 사랑조차도 상호 이해타산에 의한 계산에 좌우되고 있는 요즘의 세태지만(그래서 순결한 사랑이란 자칫 덜떨어진 유치한 수작으로 조소의 대상이 되기도 하지만) 그러나 우리 영혼 속에 내재한 아름답고 순결한 사랑에 대한 영원한 동경은 어떤 것도 말살시킬 수가 없을 것이기 때문이다.

《제니의 초상》은 젊은 예술가와 과거로부터 재생한 한 소녀와의 사랑이 주제가 돼 있지만 이 작품은 단순한 사랑 얘기는 아니다. 형식으로 볼 때 이것은 판타지 소설이지만 작가는 여기서 미의 궁극의 자태로서의 여성의 아름다움을, 나타났다간 사라지는 그 미묘한 본질을, 우리가 영원히 동경하되 결코 도달할 수는 없는 영혼의 고향을 제니라는(젊은 부인도 아니고 소녀도 아닌, 연령이 없는) 여성의 모습으로 구현시키고 있는 것이다.

사랑의 신비와 그 미묘한 본질을 이렇듯 간결한 줄거리 속에 어떤 복잡한 설명도 없이 환상적이고 시적인 문체로 이만큼 극명(克明)하게 묘사한 러브 스토리도 흔치 않을 것이다. 우리는 누구나 사랑의 완전과 절대를 꿈꾸지만 현실에선 그건 불가능한 것이며 순간순간 그걸 체험할 수는 있되 결코 지속적으로 사랑을 소유할 수는 없다는 걸 알기 때문에《제니의 초상》과 같은 판타지 소설이 감명을 주는 것이다. 우리가 동경하는바, 완전하고 영원한 사랑이란 현실에선 도달할 수 없고 기껏 우리는 그러한 사랑을 모방할 수 있을 뿐이므로……

과연 누가 사랑에 관해 명쾌한 정의를 내릴 수 있을까? 한 남자와 한 여자의 "만남"의 신비와 그 마술적 힘에 대해 우리는 얼마나 알고 있는 것일까? 작가는 젊은 예술가 이벤의 입을 빌려 이렇게 말하고 있다.

"어째서 우리는 만났을까, 어떻게 해서 그런 일이 일어났을까, 나는 몰랐다. 지금도 역시 모른다. 다만 나는 우리가 함께 지내게끔 정해져 있었다는 걸 알고 있을 뿐이다. 그녀의 삶의 실이 나의 그것에 짜넣어져 있었다는 것, 그리고 시간과 세계마저도 우리를 전적으로 떼어놓을 수는 없었다는 것을. 당시는 그랬다. 영원히 그럴 것이다.

무엇이 한 사람의 남자와 한 사람의 여자로 하여금 세상의 다른 모든 남자와 여자 가운데서 저들이 각기 서로에게 속해 있음을 알도록 하는 것일까? 그것은 우연과 해후 이상의 아무것도 아닌가, 같은 시대의 같은 세계에서 살고 있다는 것에 지나지 않는 것일까? 그것은 한갓 목의 곡선, 턱의 선, 눈이 붙은 모양, 말하는 방법에 불과한 것일까? 혹은 그것은 보다 더 깊고 보다 더 신비스런 무엇, 단순한 만남을 초월한 무엇, 기회와 운을 초월한 그 무엇일까? 현세와 다른 시대에 우리가 사랑할, 또한 우리를 사랑할 다른 사람들이 있을 것인가? 모든 다른 사람들 가운데 — 이 세상의 끝에서 끝까지의 한없는 세대를 살아온 모든 인간의 총체 가운데 — 아마도 우리를 사랑하지 않을 수 없고 그렇잖으면 죽을 수밖에 없는 단 하나의 영혼이 있을 것인가? 그리고 우리 쪽에서도 역시 그를 사랑하지 않으면 안 되는 — 우리의 전 생애를 통해 — 죽음에 이르기까지 회향병(懷鄕病)을 앓듯 안타깝게 그리며 곤두박질로 찾아가야 할 사람이?"

작가 로버트 네이선은 1894년(1월 2일), 뉴욕 태생으로 사립학교와 하버드대학에서 교육을 받고 1919년 첫 소설《피터 킨드레드》로 작가로서의 출발을 했다. 이후《괴뢰 주군》(1923년),《사제의 아내》(1928년) 같은 작품 속에서 그는 판타지와, 비애와 감미로움이 뒤범벅된 유머의 혼합, 그리고 그의 상표라 할 풍자적인 스타일을 발전시켰다. 1933년 그는 절망에 관한 소설인《지금 나 혼자의 봄》으로 유명해졌으며 30편이 넘는 그의 소설의 대부분은 미묘하게 짜여진 우화나 달콤한 사랑의 얘기들이었다. 그리고 1940년에 발표한《제니의 초상》은 그의 대표작이며 베스트셀러이기도 했다. 당시 미국 문학 주류의 외곽에서 그는 이 같은 특징을 지닌 자신의 독특한 스타일을 꾸준히 발전시켰으며 그의 소설은 모두 인기가 있었다. 어떤 평자들은 그의 작품을 창백하고 감상적이라고 무시하기도 했지만 아무도 그의 빈틈없고 교묘한 테크닉과 스타일에 대한 재능을 부인하지는 못했다. 그는 《녹색 잎들》이란 표제로 여러 권의 시집도 묶어 출판했으며(1950년) 그 자신 이걸 그의 대표작이라고 생각했다. 그의 후기 소설로는 《무구한 이브》(1951년), 《그리하여 사랑은 돌아오다》(1958년), 그리고 《저녁의 빛깔》(1960년) 등이 있다.

이 책의 텍스트로는 미국 델(Dell) 출판사의 포켓 판 《Portrait of Jennie》, 1979년 판을 사용했음을 밝혀둔다.

옮긴이

로버트 네이선 연보

1894년 뉴욕에서 태어나 유대계 명문가에서 성장했다.

1912년 하버드대학교에 입학했다. 대학 생활 중 문학잡지에 단편과 시를 게재했고, 편집에도 참여했다.

1919년 자전적 요소가 담긴 첫 소설 《피터 킨드레드》를 발표했다. 1920년대부터는 가족을 부양하기 위해 다니던 광고 회사를 그만두고 창작 활동에 전념했다.

1923년 《괴뢰 주군》을 발표했다.

1928년 《사제의 아내》를 발표했다. 이 작품은 1947년에 영화로 제작되었다.

1933년 《지금 나 혼자의 봄》를 출간하며 작가로서 유명세를 얻었다. 이 작품은 1935년에 영화화되었다.

1936년 미국 예술문학아카데미 회원으로 선출되었다.

1940년 대표작이자 베스트셀러인《제니의 초상》을 발표했다. 이후 시와 소설을 집필하는 동시에 할리우드에도 진출해 영화 각본을 쓰고 문학 작품을 영화화하는 일에 참여했다.

1942년 시집《덩케르크: 한 편의 발라드》를 발표했다.

1950년 《녹색 잎들》이라는 표제로 여러 시집을 묶어 출판했다.

1951년 《무구한 이브》를 발표했다.

1958년 《그리하여 사랑은 돌아오다》를 발표했다.

1960년 《저녁의 빛깔》을 발표했다.

1970년 다섯 번의 이혼과 한 번의 사별 끝에 영국계 미국인 배우 애나 리와 결혼했다. 애나 리와는 사망할 때까지 결혼 생활을 이어갔다. 여러 장르에서 활발한 작품 활동을 꾸준히 이어갔으나 70년대 중반부터는 창작 활동이 줄었다.

1985년 캘리포니아주 로스앤젤레스에서 91세의 나이로 사망했다.

옮긴이 **이덕희**

서울대학교 법과대학 및 동대학원을 졸업하고, 경향신문·조선일보 문화부 기자, 서울대학신문 조사부장을 거쳐, 중앙대·숙명여대 대학원 강사를 지냈다. 현재는 자유기고가로 활동하고 있다. 저서로는 장편소설 《회생(回生)》, 산문집 《내 눈의 빛을 꺼다오》, 《마지막 불꽃이 더 아름답다》, 《내 영혼을 존재케 하는 것은》 등이 있고, 옮긴 책으로는 발레 입문서 《발레에의 초대》, 《매혹의 초대》, 평전 《불멸의 무용가들》, 《음악가의 만년과 죽음》, 《음악가와 연인들》, 《음악가와 친구들》, 《토스카니니》, 《위대한 만남》, 《신화 속의 여배우 그레타 가르보》, 《세기의 걸작 오페라를 찾아서》, 음악 산문 《음악혼의 광맥을 찾아서》, 《짧은 갈채, 긴 험로》, 편역서 《베토벤 이야기》, 브로니슬라바 니진스카의 《나의 오빠 니진스키》, 역서로 프리드리히 니체의 유저(遺著) 《니체, 최후의 고백》, 《니진스키, 영혼의 절규》, 《무대의 마술사 두제》, 베르나르 가보티의 《쇼팽》, 알프레드 아인슈타인의 《음악 에세이》, 칼릴 지브란의 《부러진 날개》, 리처드 바크의 《갈매기의 꿈》 등이 있다.

제니의 초상

1판 1쇄 발행 1981년 12월 30일
3판 1쇄 발행 2025년 12월 5일

지은이 로버트 네이선 | 옮긴이 이덕희
펴낸곳 (주)문예출판사 | 펴낸이 전준배
출판등록 2004. 02. 11. 제 2013-000357호 (1966. 12. 2. 제 1-134호)
주소 04001 서울시 마포구 월드컵북로 21
전화 02-393-5681 | 팩스 02-393-5685
홈페이지 www.moonye.com | 블로그 blog.naver.com/imoonye
페이스북 www.facebook.com/moonyepublishing | 이메일 info@moonye.com

ISBN 978-89-310-2623-8 04800
ISBN 978-89-310-2365-7 (세트)

• 잘못 만든 책은 구입하신 서점에서 바꿔드립니다.

문예출판사® 상표등록 제 40-0833187호, 제 41-0200044호

■ 문예세계문학선

★ 서울대, 연세대, 고려대 필독 권장 도서 ▲ 미국대학위원회 추천 도서
● 《타임》 선정 현대 100대 영문 소설 ▽ 《뉴스위크》 선정 세계 100대 명저

      1 젊은 베르테르의 슬픔 괴테 / 송영택 옮김
▲▽ 2 멋진 신세계 올더스 헉슬리 / 이덕형 옮김
▲●▽ 3 호밀밭의 파수꾼 J. D. 샐린저 / 이덕형 옮김
      4 데미안 헤르만 헤세 / 구기성 옮김
      5 생의 한가운데 루이제 린저 / 전혜린 옮김
      6 대지 펄 S. 벅 / 안정효 옮김
●▽ 7 1984 조지 오웰 / 김승욱 옮김
▲●▽ 8 위대한 개츠비 F. 스콧 피츠제럴드 / 송무 옮김
▲●▽ 9 파리대왕 윌리엄 골딩 / 이덕형 옮김
    10 삼십세 잉게보르크 바흐만 / 차경아 옮김
★▲ 11 오이디푸스왕 · 아가멤논 외
           소포클레스 · 아이스킬로스 / 천병희 옮김
★▲ 12 주홍글씨 너새니얼 호손 / 조승국 옮김
▲●▽ 13 동물농장 조지 오웰 / 김승욱 옮김
★ 14 마음 나쓰메 소세키 / 오유리 옮김
★ 15 아Q정전 · 광인일기 루쉰 / 정석원 옮김
    16 개선문 레마르크 / 송영택 옮김
★ 17 구토 장 폴 사르트르 / 방곤 옮김
    18 노인과 바다 어니스트 헤밍웨이 / 이경식 옮김
    19 좁은 문 앙드레 지드 / 오현우 옮김
★▲ 20 변신 · 시골 의사 프란츠 카프카 / 이덕형 옮김
★▲ 21 이방인 알베르 카뮈 / 이휘영 옮김
    22 지하생활자의 수기 도스토옙스키 / 이동현 옮김
★ 23 설국 가와바타 야스나리 / 장경룡 옮김
★▲ 24 이반 데니소비치의 하루
           알렉산드르 솔제니친 / 이동현 옮김
    25 더블린 사람들 제임스 조이스 / 김병철 옮김
★ 26 여자의 일생 기 드 모파상 / 신인영 옮김
    27 달과 6펜스 서머싯 몸 / 안흥규 옮김
    28 지옥 앙리 바르뷔스 / 오현우 옮김
★▲ 29 젊은 예술가의 초상 제임스 조이스 / 여석기 옮김
▲ 30 검은 고양이 애드거 앨런 포 / 김기철 옮김
★ 31 도련님 나쓰메 소세키 / 오유리 옮김
    32 우리 시대의 아이 외덴 폰 호르바트 / 조경수 옮김
    33 잃어버린 지평선 제임스 힐턴 / 이경식 옮김

    34 지상의 양식 앙드레 지드 / 김붕구 옮김
    35 체호프 단편선 안톤 체호프 / 김학수 옮김
    36 인간 실격 다자이 오사무 / 오유리 옮김
    37 위기의 여자 시몬 드 보부아르 / 손장순 옮김
●▽ 38 댈러웨이 부인 버지니아 울프 / 나영균 옮김
    39 인간 희극 윌리엄 사로얀 / 안정효 옮김
    40 오 헨리 단편선 오 헨리 / 이성호 옮김
★ 41 말테의 수기 R. M. 릴케 / 박환덕 옮김
    42 파비안 에리히 케스트너 / 전혜린 옮김
★▲▽ 43 햄릿 윌리엄 셰익스피어 / 여석기 옮김
    44 바라바 페르 라게르크비스트 / 한영환 옮김
    45 토니오 크뢰거 토마스 만 / 강두식 옮김
    46 첫사랑 이반 투르게네프 / 김학수 옮김
    47 제3의 사나이 그레이엄 그린 / 안홍규 옮김
★▲▽ 48 어둠의 심장 조지프 콘래드 / 이덕형 옮김
    49 싯다르타 헤르만 헤세 / 차경아 옮김
    50 모파상 단편선 기 드 모파상 / 김동현 · 김사행 옮김
    51 찰스 램 수필선 찰스 램 / 김기철 옮김
★▲▽ 52 보바리 부인 귀스타브 플로베르 / 민희식 옮김
    53 페터 카멘친트 헤르만 헤세 / 박종서 옮김
★ 54 몽테뉴 수상록 몽테뉴 / 손우성 옮김
    55 알퐁스 도데 단편선 알퐁스 도데 / 김사행 옮김
    56 베이컨 수필집 프랜시스 베이컨 / 김길중 옮김
★▲ 57 인형의 집 헨리크 입센 / 안동민 옮김
★ 58 소송 프란츠 카프카 / 김현성 옮김
★▲ 59 테스 토마스 하디 / 이종구 옮김
★▽ 60 리어왕 윌리엄 셰익스피어 / 이종구 옮김
    61 라쇼몽 아쿠타가와 류노스케 / 김영식 옮김
▲▽ 62 프랑켄슈타인 메리 셸리 / 임종기 옮김
▲●▽ 63 등대로 버지니아 울프 / 이숙자 옮김
    64 명상록 마르쿠스 아우렐리우스 / 이덕형 옮김
    65 가든 파티 캐서린 맨스필드 / 이덕형 옮김
    66 투명인간 H. G. 웰스 / 임종기 옮김
    67 게르트루트 헤르만 헤세 / 송영택 옮김
    68 피가로의 결혼 보마르셰 / 민희식 옮김

(뒷면 계속)

★	69	팡세 블레즈 파스칼 / 하동훈 옮김	▲	107	죄와 벌 1 표도르 도스토옙스키 / 김학수 옮김
	70	한국단편소설선 김동인 외 / 오양호 엮음	▲	108	죄와 벌 2 표도르 도스토옙스키 / 김학수 옮김
	71	지킬 박사와 하이드 로버트 L. 스티븐슨 / 김세미 옮김		109	밤의 노예 미셸 오스트 / 이재형 옮김
▲	72	밤으로의 긴 여로 유진 오닐 / 박윤정 옮김		110	바다여 바다여 1 아이리스 머독 / 안정효 옮김
★▲▽	73	허클베리 핀의 모험 마크 트웨인 / 이덕형 옮김		111	바다여 바다여 2 아이리스 머독 / 안정효 옮김
	74	이선 프롬 이디스 워튼 / 손영미 옮김		112	부활 1 레프 톨스토이 / 김학수 옮김
	75	크리스마스 캐럴 찰스 디킨스 / 김세미 옮김		113	부활 2 레프 톨스토이 / 김학수 옮김
★▲	76	파우스트 요한 볼프강 폰 괴테 / 정경석 옮김	▲●	114	그들의 눈은 신을 보고 있었다 조라 닐 허스턴 / 이미선 옮김
▲	77	야성의 부름 잭 런던 / 임종기 옮김			
★▲	78	고도를 기다리며 사뮈엘 베케트 / 홍복유 옮김		115	약속 프리드리히 뒤렌마트 / 차경아 옮김
★▲▽	79	걸리버 여행기 조너선 스위프트 / 박용수 옮김		116	제니의 초상 로버트 네이선 / 이덕희 옮김
	80	톰 소여의 모험 마크 트웨인 / 이덕형 옮김		117	트로일러스와 크리세이드 제프리 초서 / 김영남 옮김
★▲▽	81	오만과 편견 제인 오스틴 / 박용수 옮김			
★▽	82	오셀로·템페스트 윌리엄 셰익스피어 / 오화섭 옮김		118	사람은 무엇으로 사는가 레프 톨스토이 / 이순영 옮김
★	83	맥베스 윌리엄 셰익스피어 / 이종구 옮김			
▽	84	순수의 시대 이디스 워튼 / 이미선 옮김		119	전락 알베르 카뮈 / 이휘영 옮김
★	85	차라투스트라는 이렇게 말했다 니체 / 황문수 옮김		120	독일인의 사랑 막스 뮐러 / 차경아 옮김
★	86	그리스 로마 신화 이디스 해밀턴 / 장왕록 옮김		121	릴케 단편선 R. M. 릴케 / 송영택 옮김
	87	모로 박사의 섬 H. G. 웰스 / 한동훈 옮김		122	이반 일리치의 죽음 레프 톨스토이 / 이순영 옮김
	88	유토피아 토머스 모어 / 김남우 옮김		123	판사와 형리 F. 뒤렌마트 / 차경아 옮김
★▲	89	로빈슨 크루소 대니얼 디포 / 이덕형 옮김		124	보트 위의 세 남자 제롬 K. 제롬 / 김이선 옮김
	90	자기만의 방 버지니아 울프 / 정윤조 옮김		125	자전거를 탄 세 남자 제롬 K. 제롬 / 김이선 옮김
▲	91	월든 헨리 D. 소로 / 이덕형 옮김		126	사랑하는 하느님 이야기 R. M. 릴케 / 송영택 옮김
	92	나는 고양이로소이다 나쓰메 소세키 / 김영식 옮김		127	그리스인 조르바 니코스 카잔차키스 / 이재형 옮김
★	93	폭풍의 언덕 에밀리 브론테 / 이덕형 옮김		128	여자 없는 남자들 어니스트 헤밍웨이 / 이종인 옮김
★▲	94	스완네 쪽으로 마르셀 프루스트 / 김인환 옮김		129	사양 다자이 오사무 / 오유리 옮김
★	95	이솝 우화 이솝 / 이덕형 옮김		130	슌킨 이야기 다니자키 준이치로 / 김영식 옮김
★	96	페스트 알베르 카뮈 / 이휘영 옮김		131	실종자 프란츠 카프카 / 송경은 옮김
▲	97	도리언 그레이의 초상 오스카 와일드 / 임종기 옮김		132	시지프 신화 알베르 카뮈 / 이가림 옮김
	98	기러기 모리 오가이 / 김영식 옮김		133	장미의 기적 장 주네 / 박형섭 옮김
★▲	99	제인 에어 1 샬럿 브론테 / 이덕형 옮김		134	진주 존 스타인벡 / 김승욱 옮김
★▲	100	제인 에어 2 샬럿 브론테 / 이덕형 옮김		135	황야의 이리 헤르만 헤세 / 장혜경 옮김
	101	방황 루쉰 / 정석원 옮김		136	피난처 이디스 워튼 / 김욱동 옮김
	102	타임머신 H. G. 웰스 / 임종기 옮김		137	이상한 나라의 앨리스·거울 나라의 앨리스 루이스 캐럴 / 이순영 옮김
●	103	보이지 않는 인간 1 랠프 엘리슨 / 송무 옮김			
●	104	보이지 않는 인간 2 랠프 엘리슨 / 송무 옮김		138	빨강 머리 앤 루시 모드 몽고메리 / 이순영 옮김
▲	105	훌륭한 군인 포드 매덕스 포드 / 손영미 옮김			
	106	수레바퀴 아래서 헤르만 헤세 / 송영택 옮김			